路上的萌动

BUDDING ON THE ROAD

关宏志 著

人民交通出版社股份有限公司
China Communications Press Co.,Ltd.

图书在版编目（CIP）数据

路上的萌动 / 关宏志著 . — 北京 ：人民交通出版社股份有限公司，2017.10
ISBN 978-7-114-14224-6

Ⅰ. ①路… Ⅱ. ①关… Ⅲ. ①随笔 – 作品集 – 中国 – 当代 Ⅳ. ① I267.1

中国版本图书馆 CIP 数据核字 (2017) 第 239341 号

路上的萌动

著 作 者：关宏志
责任编辑：李 晴 刘永超
出版发行：人民交通出版社股份有限公司
地 址：（100011）北京市朝阳区安定门外外馆斜街3号
网 址：http：//www.ccpress.com.cn
销售电话：（010）59757973
总 经 销：人民交通出版社股份有限公司发行部
经 销：各地新华书店
排 版：北京楚泰文化传播有限公司
印 刷：北京市密东印刷有限公司

字 数：147千 开 本：880×1230 1/32 印 张：9.125
版 次：2017年10月 第1版
印 次：2017年10月 第1次印刷
书 号：ISBN 978-7-114-14224-6
定 价：36.00元

自序
Preface

荒漠里一块刻着岩画的石头

一

人们在荒漠中经过艰难的跋涉，终于来到了一块岩石的前面。猛然间，有人发现，那古老的岩石上分明刻画有什么东西，有人、有动物，也有各种生活场景，笔画粗犷古朴。如果不是看到这些岩画，人们很难想象出这里曾经有过人类居住，更不知道这里曾经还有这样一些动物。因为，在这片土地上不仅早已见不到这样一些动物，就连它们的化石也无处找寻。

是谁刻画了它们?

刻画它们的人去了哪里?

岩画给人们留下了千古之谜。

这些岩画虽然粗糙简陋，却记录了远古时代这里的自然、人类及社会。这些岩画，是那个时期人类社会留下的痕迹。尽管它能提供给人们的信息十分有限，但是，它还是为今天的我们了解那个时代的自然、社会和人们的生活提供了蛛丝马迹。

二

《路上的萌动》终于要和读者见面了，她收录了我在 2010 ~2011 年内所写的部分“作品”，那是我尝试着将自己的所思所想记录下来时早期的足迹。用今天的眼光来看，那些文字是那么的笨拙和生涩，如果说是作品，充其量只算得上是习作了，这就是我在作品二字上加上引号的原因，也正是这个原因，我给本书起名为《萌动》。

2012 年，我曾经试图将这些文字整理出版，当时也联系了一家国内著名的出版社。和编辑面谈后，她除了在文字上给了我一些建议之外，还向我推荐了一家她认为更适合本书出版的出版社。编辑的意思是希望我的文字更能跟上时代的潮流，书籍有更好的市场反响，我相信她是真诚的，是为我着想的。我阅读了一些她推荐的书籍之后就灰心了，因为，模仿他人是我做不到、也不想做的事情。

和她推荐的那家出版社联系了几次，犹如石沉大海，没有得到任何的回音，再加上工作和生活中琐事繁多，《萌动》就被悄悄地锁进了“抽屉”里。这一“锁”，就让原本应该是我的处女作的《萌动》“出生”在了其姊妹篇《路上的沉思》之后。

今天翻开它，看到一些小文的题目时，竟然一下子想不起来其中的内容了，亲切感中夹杂了一丝陌生感。阅读起来，也会感觉到文字中时常会散发出青涩的味道，尽管写下这些文字时我早已不年轻了。

三

回头看看自己走过的路，自从走进大学的大门之后，就再也没有离开过她，即使是在国外学习、工作期间也是如此。我所经历的这个时代，无论是中国的大学还是社会，都处于一个发生着剧烈、深刻变革的时期。能生在这样一个时代，成为这场变革的亲历者，我是幸运的。我的所思所想必定会留下这个时代的印记，在历史的长河中，这些印记或是那古老岩画上的一笔，或是那古老岩画中的一幅。

和出版社的编辑谈完之后，我意识到，一个处在市场化运作机制中的出版人，是多么希望作者能够尽量向着表征着时代潮流的市场靠拢。但对于这一点，我做不到，也没想那么做。因为我一直记得对这本书及我的其他小书的期待——希望它是荒漠里一块刻着岩画的石头，只要它存在就好。

本书的出版，自然少不了众多朋友的帮助。在此，我要感谢所有帮助过我的朋友，是他们的鼓励和支持，给了我智慧、信心、勇气和力量。最后，我还要感谢人民交通出版社股份有限公司李晴女士和刘永超先生为本书的编辑出版所付出的巨大努力。

关宏志

2017 年 9 月 25 日

于北京

目录
Contents

第一篇 / 001
挤兑中国

第四篇 / 173
没有手机信号的旅行

第五篇 / 239
关于咖啡的暖色记忆

第一篇

挤兑中国

挤兑，是一个金融术语，意为“在信用危机的影响下，存款人和银行券持有人争相向银行和银行券发行银行提取现金和兑换现金的一种经济现象”。在出现挤兑时，货币信用危机会进一步加剧，引起金融界的混乱。

世纪性难题
——有没有我们的同一首歌

2011年3月14日

电影《走出非洲》中有这样一个情节：一群远在非洲的欧洲人，在一个派对上，音乐突然被打断，一个人领头高歌了起来。在她的引领下，全体人员开始了齐声歌唱，场面十分感人。要知道，这群人来自欧洲的不同国家，甚至有着截然不同的语言和文化背景。

看到这一场面，不由地想起在日本时，曾经被问及一个问题："你们中国有没有全体国民都会唱的歌儿？"提出这个问题的有日本人，也有在日本的朝鲜（韩国）人。

当时，我苦思冥想了半天，还是没有回答上来。

世界上很多国家都有大人、小孩都会唱的歌，在日本像《红蜻蜓》《樱花》，在朝鲜（韩国）像《阿里郎》《道拉基》等。而在我国，往往是大人会唱的歌曲，小孩不会唱，老年人会唱的歌曲，年轻人不会唱，那一个时代的人会唱的歌曲，这一个时代的人不会唱。

中华民族肯定不是一个不会歌唱的民族，肯定不是一个不喜欢歌唱的民族。我们这个有着 5000 多年文明史的大国，应该有一首妇孺皆知、老少咸宜、普天下华人共同的歌。

一首全民族共同的歌，就是一个民族共同的语言、共同的心声，她标志着历史的延续、文化的传承和认同。

不要太多，一首就够。

日本地震，中国抢盐及伤亡数字

2011年3月18日

2011年3月11日，日本东北部大地震，之后引发了海啸及福岛核电站核泄漏事故，这场发生在日本的浩劫，引起了全世界的密切关注。

在中国国内，日本地震不仅引起了媒体的高度关注，也引起了国人的深切同情。打开关于日本地震的报道，有几个关键词非常抢眼："秩序""冷静""忍耐"等。日本国民冷静的心态和良好的灾后秩序，给国人、给全世界都留下了深刻的印象。

前天，在和一位生活在日本的朋友通电话的时候，她讲了这样一件事：这些天，一些生活在日本的中国人，纷纷逃离日本，弄得从前三千多元一张的回国机票，一下子变成一万多元一张，而且还搞不到手。还有一位日本婆婆，对中国儿媳急急忙忙要回国避难的行为表现得十分不解。

这两天，不知从哪里刮起的风，国人疯狂地抢购起了食盐，进而还波及了酱油。即使这种现象的出现可能是个别盐商的恶作剧，但是，也折射出了一些国人的心理实在脆弱。这些发生在距离地震灾区数千里之遥的、令人费解的行为，和真正灾区的日本人的形为形成了鲜明的对照。

昨天，听到一位家庭妇女在谈论此次日本地震死亡人数的时候说："这次估计死了十几万人。"当问及她如何知道这个数字的时候，她答曰："大家都这么说。"我对她说："人家媒体上说估计是上万人。"

不清楚真相，自然难免猜想，自然难免从众，自然难免有时候会疯狂。于是，在仅仅是感觉要遭遇不测之时就惊慌失措，甚至慌不择路，也就成了一些民众常有的反应。

地震发生在日本，而抢购食盐及关于核辐射、死亡数字的谣言却发生在中国，这种波及效应实在耐人寻味。

拒绝乘坐黑摩的

2011年5月18日

前几天出门，看到路口悬挂着这样一条标语：“拒绝乘坐黑摩的”。“黑摩的”是从事非法运营的摩托车的统称。在一些人看来，黑摩的影响了城市的道路交通秩序和城市客运市场秩序，因此，成了城市管理部门取缔的对象。显然，城市管理部门的人发现了取缔黑摩的的关键——让黑摩的没有市场。因此呼吁市民共同努力，保护自己。当然，其效果另当别论。

前几天思考“号贩子”的问题，最终得出了一个结论：如果大家都拒绝从“号贩子”手中购买号码，“号贩子”自然会失去市场，从而会销声匿迹。因为，从“号贩子”手中购买号码的行为，实际上是帮助“号贩子”扰乱了秩序，破坏了社会的公平性，最终也影响了自己的利益。

“拒绝乘坐黑摩的”和拒绝从“号贩子”手中购买号码都是解决此类问题的重要路径。当然，不是每一个公民都能意识到这个问题，那些善于取巧和愿意达成这类交易的人乐于通过“号贩子”获得办事的优先权。而且，这类人在这个世界上实在不少。

学术界也不是真空区。

不知道从何时起，个别学会、学术刊物的理事成了一种商品，至少是准商品，被明码标价，明里暗里地在学术界兜售。时常会接到自称媒体（包括学术刊物）的人的“橄榄枝”，要替我宣传，或者劝诱我成为“理事”。当然，其条件是必须出一定的费用。

在我看来，一个人成为学会（或者学术刊物）的“理事”，意味着他的学术水平较高，意味着他乐意为办好学会（或者学术刊物）服务，进而通过学会（或者学术刊物）为整个社会服务。当然，也意味着一种荣誉。但是，如果学术地位可以用金钱来换取，那么这个社会只要商人就够了，还要学者做什么？这些向学者兜售“理事”的人，和那些“号贩子”有什么两样？这些用金钱换取所谓的学术地位的行为，和从“号贩子”手中购买号码有什么区别？

更让人费解的是，竟然真的有学者放下学术的高贵，“慷慨解囊”。于是，自己名片上的头衔就多了一个“理事”。

仔细琢磨一下，被“兜售”的对象，均有一些特点：无论是个人，还是他所在的单位都还没有那么知名，他本人有着强烈的发展欲望。正因如此，那些兜售这些“理事”的人、部门才会有机可乘。殊不知通过这种方式成为“理事”，不仅不会提升其个人与所在单位的学术地位，还因暴露了急功近利的心理而会遭到同行耻笑。

学者、学术界是不是也应该“拒绝乘坐黑摩的”？

做一个高贵的人

2011年5月20日

无疑，一个社会需要高贵的人。外国有媒体在评论中国成为当今世界上头号奢侈品消费国时，如此说道："外国的上流社会是一个看不见的阶层，中国的上流社会则是把地位穿在身上、顶在头上，远远不具备上流社会的属性。"

（一）高贵的成就

什么是高贵？从下面这个故事，或许我们可以找到一些答案。

伦敦大学亚非学院的楼墙上有一块铭牌，上面写着这样一段话：

"伦敦大学因侵犯罗素先生土地所有权的违法行为

而向他道歉，并对他大公无私、热心助教的高尚品德表示诚挚的谢意！”

说起这段话，其背后还有一个值得传颂的故事——

亚非学院这栋大楼始建于1980年，建设资金来自于一笔善款。就在大楼即将举行剪彩典礼的前夕，校方被告知：这个建筑物建在一块私人土地上，土地所有者要求校方将建筑物拆除，恢复土地原状。

此时的校方无论如何也不肯拆除建筑物，而土地的所有者罗素家族也寸步不让。于是双方只好对簿公堂。结果是显而易见的，校方败诉，被要求限期拆除建筑、恢复原状。

就在校方准备执行拆除判决的时候，校方又接到罗素家族的来电，被告知可以保留建筑，不必拆除。但是，必须道歉，并对罗素家族表示感谢。

于是，便有了上面的铭牌和那段话。

在这个故事中，罗素家族捍卫了法律和尊严，校方遵从了道义和良知，双方共同维护了社会的公正和公平。一个曲折事件的过程和结局，成就了两个高贵的主体。

（二）一步之差的卑贱

机场广播通知要开始登机了。由于地形的关系，大家排成了一个 Γ 字形。此时两个外国老太太停下脚步，显然是在寻找登机牌或者护照之类的东西。这样一来就和前面的队伍拉开了一点距离。这时排在她们后面的人会有几种选择?

不同文化背景的人可能有不同的选择。或者，静静地等在她们后面，在她们继续前行后，再跟着她们前行。或者，绕过她们，向前行进，先行而去。

我看见的实际情况是，有人从 Γ 字的拐角处、她们的前面插了进来。

我身后的一个外国人立即对这个人的行径投去质疑的目光。但是，我知道，这对插队的人毫无意义。因为，他不是没有秩序的意识，而是他根本就没有尊严。

不易察觉的过度服务

2011年7月24日

记得刚回国时，曾和朋友在一家餐厅用餐。在饭菜都上齐之后，上菜的那个小姑娘静静地站在一旁，就是不肯离去。这让我这个刚刚回国的人感觉很不习惯，于是就回过头对小姑娘说："你去忙吧，这里没事了。"小姑娘却笑着不肯离去。再看看四周，这才发现，每个桌旁都站着一位小姑娘。

"真的需要这样过度服务吗？"当时这样想。这件事给我留下了很深的印象。

科学技术的进步，让人类的很多梦想成为现实。火车时速超过300公里，小件包裹限时送达等，不一而足。为了实现一些人类设定的目标，社会必须投入大量的财富去建设相应的系统，并用更多的精力去维护相应的系统。但是，当我们问一句：这些系统目标真的是社会的必需吗？答案恐怕没有那么绝对。就拿小件包裹来说，肯定有非常着急的包裹，但肯定也有不那么着急的包裹。千篇一律地限时送达，必定会产生许许多多过度服务，从而造成社会资源的浪费。

就这些系统本身而言，是推动了社会进步，还是会把社会带入困境，今天还没有见分晓。但是，生活中的一些过度服务，确实造成了社会资源的过度消费。上面餐桌边的那个小姑娘的存在，看似提高了服务水平，但是同时也造成了人力资源的浪费。而更可怕的是，当人们在尽情地享受这看似合情合理的服务的时候，同时也在过度消费它以外的什么东西。

不久前去美国。行前，有关部门提醒我们一行：要自带洗漱用具，自带拖鞋。因为美国的宾馆里不提供这些东西。

与此类似的例子还有：韩国有很多人去餐厅吃饭时自带筷子，拒绝使用一次性筷子。

这些例子告诉人们，节制一下我们在不知不觉中膨胀起来的奢侈欲望，减少一点对过度服务的要求，就是珍惜我们有限的资源，是珍惜我们的未来，是舒缓我们紧张的生活步伐。

“他山之石，可以攻玉。”想起这句古语及美国宾馆所倡导的行为的时候，就会忍不住发问：我们为何要如此奢侈？

每一个人都要为自己享受的过度服务而付出代价，我们必须对过度服务保持警惕。

比上帝还累的守望者

2011年8月6日

这两日，电视上播出了一档节目《河北上百高尔夫球场偷采地下水，恢复水层需万年》。

又是一桩公地效应事件！

所谓公地，即公众公有的土地。举一个例子可以说明什么是公地效应：有一个村子，生活在那里的人都养羊，而且都有自己家的草原。这时，如果村子里有一块公共的草原（公地），那么大家就都会优先考虑到公地上去放牧，因此，这块草地上的草会最先被吃完。与此相反，私地由于受到私人很好的照看，会更多地得到保护。

显然，如果没有任何限制，公地的资源会被最先耗尽。如果这块公地足够大，不仅会产生资源上的问题，甚至会带来生态危机等更严重的问题。

这些年，一些不法之徒疯狂掠夺和使用公共资源。向公共空间排放有毒、有害气体、液体和固体废弃物等的事件偶见报端。今天报道出来的，不过是无数此类事件中的其中一件。

这种疯狂掠夺和侵占公共资源的结果，就是我们的子孙将不再有充足的自然资源，不再有洁净的空气、水和土地。

我们的社会有一块硕大无比的公地——公共利益，政府成了这块公地唯一的守望者。要有效地履行公地守望者的职责，要让自己不被累死，政府必须依靠完善的法律体系和有效的执行法律的制度。

当下人口和资源的矛盾，使得更多的人把眼光投向公地。人们把眼光和举动投向公地上的那些资源，实际上是一种试探和检验，试探和检验我们的法律制度是否足够完善、执法力度是否足够强大。

为了应对这些试探和检验，似乎公地的守望者——政府部门就需要不断壮大，而这种壮大的最终结果一定是行政成本的增加和效率的降低。

连上帝都要在第七天休息，何况是血肉之躯的凡人？

看着精疲力竭的、比上帝还累的公地守望者们，不禁发问：真的没有更好的解决之策吗？

生活在现代丛林

2011年9月6日

最近在报纸上看到两则让我深受触动的报道：

公交车驾驶员出手救助老妇人，结果被反诬是开车撞伤老妇人的肇事者。

晨练老人扶醉汉，结果被醉汉当成小偷打成重伤。

这个世界怎么了？

闲暇的时候我会看看电视，比较喜欢的节目就是《动物世界》。究其原因，可能是因为和人类有时假大空的世界相比，那是一个真实的世界。

在这个真实而荒蛮的世界里，所有的生物都遵从着丛林法则——弱肉强食，任何其他生物，包括自己的同类，都是自己的竞争对手，都是自己的敌人。除了自己的家族成员之外，都必须消灭或赶走。

人类走出丛林之后，在发展社会生产力的同时，也建立起了有别于丛林法则的社会规则，建立起了人类社会的秩序。具有平等、博爱等的精神就成了人类有别于动物的根本标志。正是有了这些精神，人类才建立起了人类社会的各种规则、法律，从而建立起了人类社会有别于动物世界的秩序，才有了人类的持续发展。

上面的两则报道，让人想起了动物世界的丛林法则，我们不能说这些事情的当事人没有人性，但是他们的行为，的的确确背离了人性常理，无异于让自己彻底回归了一次野生动物的本性，远离了人类的基本准则，彻头彻尾地扮演了一次野兽的角色。

试想一下，如果把你一个人丢在非洲大草原上，你的感受如何？

可想而知，在一个人孤独地面对野生动物世界时，会感到怎样的恐惧。

如果丛林法则充斥于当下的世界，还有谁会不恐惧？

挤兑中国

2011 年 9 月 18 日

（一）硕士、博士生的实习

不知道从何时起，还差一年毕业的硕士生、博士生都向老师请假要时间，说是要去实习。“人家都在实习”，是高年级硕士生、博士生最经常说的一句话。可是实际上，在硕士、博士的培养方案中，并没有安排所谓的实习时间，因此我就要问个究竟。

学生答曰：“现在很多学校的学生，为了毕业后能找到个好一点的工作，都会提前到某个单位实习，为的是‘提前介入’。说白了，这就是让对方试用一下，提前抢占一个位置。”

对于用人单位来说，这种送上门的免费劳动力，不用白不用；同时也可以借此机会提前物色合适的新员工，何乐而不为。

双方于是一拍即合，硕士生、博士生的“实习”就这样产生了。

凡事皆如此，一旦有了先例，就像中子轰击原子核产生链式反应一样，迅速遍及整个社会，一发不可收拾。还差一年才毕业的硕士生、博士生已经变得心神不安，纷纷联系单位，开始实习。从工作的角度来说，这种“实习”犹如挤兑一样，压缩了毕业生就业的空间。

挤兑已经提前开始，你能对这些学生说什么呢?

（二）交通拥堵

当下的道路交通，常常会出现这样的情形：只要道路交通稍稍出现停顿，就很容易形成拥堵。而且随着时间的增加，拥堵的程度会加剧。这个过程大致是这样的：

只要前面的交通流发生了停顿，后面的人就开始鸣笛催促，有些人则想着直接强行超过。这种强行超过往往是进入对向车道（即逆行车道）行驶，进而堵住相反方向，形成交通全面拥堵。随着时间增加，双方向互相顶住对向交通流，结果是加剧了交通拥堵。

这个过程的实质，就是先有驾驶员“挤兑”交通资源（道路空间或者是交叉口空间），从而造成了更多驾驶员的恐慌，进而一起参加挤兑，如此无谓地消耗了更多的时空资源，形成了交通拥堵。

（三）强拆

人类文明史上，“强拆”是个有点让人毛骨悚然的词语。

在 15 世纪和 16 世纪的英国，人们发现羊毛可以产生丰厚利润。利润的诱惑，让金钱和权力转向集中更多的土地来养羊，于是，在政府的黑手运作之下，有了臭名昭著的“羊吃人”的圈地运动。

今天我们一些地方的官员，显然早已忘记了人类这一段血腥的历史。他们把“强拆”当作了“政绩工程”，害得一些老百姓奋力抵抗。

这些现象，本质上就是在用透支社会精神资源和物质资源的手法来挤兑政绩，来换取官员自己的未来。

（四）不让孩子输在起跑线上

“不让孩子输在起跑线上”，是当下最能打动家长的一句话，很少有哪一位家长能不为这句话所动，只是看家长的能力和当地的教育资源条件如何了。

一些无良商人，利用了家长的挤兑心理，编织了一串串美丽的童话，引诱他们带着孩子去参加各种费用高昂的培训班、提高班。其结果是，不知有多少孩子因此失去了快乐自由的童年。

还有那些根本不适宜少年儿童参加的各种“大赛”“竞赛”，是否也会扭曲下一代追求平等、公平和正义的心灵呢?

（五）被告席上的科学家

恐怕没有哪一个时代有如此多的学者、科学家站在被告席上了。要因此说这个时代已经斯文扫地，或许有人听到后会不开心，但是，任何辩白都显得苍白无力。

一些“科学家”不是以天下为己任去进行科研，而是以成名为目标去无所不为。在利益的驱使下，放心大胆地走向错误的方向，以至于毁了自己，也抹黑了科学。

一些科研工作者试图透支自己未来的举动，无疑引起了科学界的挤兑。预支自己、透支自己，夭折了多少天才和精英。

担心蓝天被挤兑一空，大江大河被挤兑一空，大草原被挤兑一空，矿山被挤兑一空，资源被挤兑一空；更担心道德被挤兑一空，那么未来也将被挤兑一空。

警惕当下的垃圾语言

2010 年 1 月 10 日

经济高速增长时期，在大规模制造商品的同时，也免不了产生一些垃圾，以至于我们被垃圾包围，为垃圾所困，受垃圾所害。

殊不知，我们的语言也未能幸免，在不知不觉中，我们每日都在和语言中的垃圾做斗争。

（一）“率先”

在一个崇尚创新、争先恐后的年代，“率先”一词具有极强的褒奖意味，因而更容易被那些急功近利和喜欢说假大空话的人使用，有些人恨不得在每一件需要告诉给大家的事情前面都加上“率先”这个词。但是，如果这个词频繁地出现在视科学和严谨为生命的学术界、新闻界，那就是值得注意的问题了。

听（看）到“率先”这个词，让人想到“第一”和“率领、引领”“带头、首先”“做表率”等意思。因此，“率先”需要同时具备“第一”和“具有示范作用”两个要件，缺一不可。

有一件亲身经历过的小事。

曾经在网上看到一则报道，说的是某城市“在全国率先建立了触摸式行人过街信号灯”。看到这则报道，大不以为然。因为，我此前已经看到有好几个城市都建立了同样的系统。因此，这里的“率先”之言完全是无稽之谈。在这则报道之后，我顺便浏览了一下其他读者的留言，也进一步证实了我的判断。

从职业道德和社会责任担当的角度而言，如果谁要使用“率先”这个词，就必须查实和验证这件事是否真的在同行业、同领域领先，否则，就必须承担撒谎和吹牛的责任。令人遗憾的是，现实中“勇敢”使用“率先”的人比比皆是，却极少有人履行了查实和验证的义务。这使得“率先”一词成了这个时代最具代表性的垃圾语言。

在这个躁动不安的时代，源于功利主义的垃圾语言还远远不止这些。如果不想自己的话被贴上“谎言”的标签，就一定要对语言中的垃圾保持高度警惕！

（二）“立即启动应急预案”

中国很大，总会发生各种事情。每每有事件发生，常常会伴随一句“立即启动应急预案”。

事情果真是仅仅启动应急预案就万事大吉了吗？现有的应急预案就包医百病吗？

从紧急事件的处理过程中发现问题，促进有关部门改进工作，同时也促进“应急预案”本身的完善，这比“立即启动应急预案”这句话更加有力。

（三）“我可以负责任地说”

记得北京闹“非典”的那一年，有一位官员面对媒体信誓旦旦地说：“我可以负责任地说……”

结果，没过几天，“非典”问题的真相被曝光，这位“负责任地说”的人和当时的北京市市长一起引咎辞职。也就从那时起，中国的疫情通报制度，才开始和世界接轨。“负责任”地说出的话，成了最大的谎言，也给世人留下了笑柄。

通常，为了加强语气，这样说也未尝不可。但是，常言道：“一言既出，驷马难追”。做官、做人，本来就应该对公众负责，应该一言九鼎。

“我可以负责任地说……”，实际上反映了不良的官场文化。重要的不是如何让公众相信某句话，而是通过言行的统一，树立起公众对政府的信任。

所以，当遇到有人在公众面前用这句话作为开场白的时候，就要对他的话警惕了。

（四）“炒作”

恐怕没有哪个词比“炒作”更频繁地出现在当下媒体了。可是，很有意思的是，它针对的对象常常又是媒体本身。

经常听到有人用这个词指责媒体，指责某些人对某件事的做法，并以此言来发泄说话人的不快。

“炒作”一词原本有它特定的意思，是指为扩大人或事物的影响而通过媒体做反复的宣传。但是，凡事都应该有个度，一切过度的东西都会让人反感甚至厌恶。当今天的炒作已经到了无所不用其极的时候，当网络和其他各种炒作公司为了达到让客户瞬间红遍全球、让客户利益最大化，几乎是无所不为的时候，就让人生厌了。生厌了，就会想发泄不满。于是，人们很多时候对于为了某种利益而炒作的东西，不管其是否真的有作秀成分，都会一网打尽，加上一个“炒作”的大帽子，愤愤地掷在地上后还不忘踩上几脚。

至于究竟怎么算是炒作、人家如何炒作了，就不再深入研究，也不再理会了。

但是要看到，这只是所谓“炒作”事情的一面，其另一面还需要深究一下。

实际上，随着信息化时代的到来，媒体越来越多地发挥着作用。任何一件事，都会通过各种媒体，飞速传遍世界的各个角落。此外，随着平等机制的普及，人们也越来越强烈地想要公众事件的当事人、负责人对人们感兴趣的公众事件做出说明。尤其是掌握着公民赋予的很大权力的公仆们，有责任、有义务把公众关心的事件清晰明了地加以说明，澄清真相和其中的是非曲直。

其实，少指责别人“炒作”，虚心接受他人的监督，才是人们首先应该要完成的功课。

称谓趣谈

2010年3月2日

电话振动，一个陌生的电话号码显示在我的手机上。

“知道我是谁吗？我是C某。”电话那头说。

“哦，C局长，你好！”

第一次和C打交道的时候，他的身份是某部的主管副局长，尽管后来知道他是我的师弟，但是，出于工作原因，从那时起，一直称他为“C局长”，已经习惯了。

“不，我应该叫你师兄，你应该叫我C同学才对。”他在电话那一端纠正我。

几年前，C又师从我的研究生导师，开始了博士课程学习。从研究生导师那边论起，我们也算是师出同门，他的确应该算是我的师弟。这次找我，是因为他有求于我，邀请我出席一个和他有关的会议。

一起出席会议的还有几位工作上和他有关的专家。由于没有像我一样置身于“世外桃源”，他们恭恭敬敬地使用着他们在职场里彼此之间的称谓。如此看来，他此次纠正我可以说是事出有因。也许这种称谓对他而言有几分讨好的成分在其中，但是我却宁愿把它看作是一种师兄弟间的温馨。

称谓，是一个很有趣的文化元素，表达的含义太过丰富。不仅是在中国，在全世界范围内，都有礼仪文化的存在，人们都深受礼教文化的影响。人与人之间保持的那种复杂等级关系，也会在称谓中体现。

最率性、最简单的称谓，大概是存在于英语语系中。例如在美国，人们第一次见面时，当被介绍大名之后，被介绍者通常会追加上一句：

“叫我 Jerry（或 Tom 之类的）。”

这种情状，即使是一个外来文化的人也能感受到一种亲切。如此一来，人们之间的壁垒常常会在瞬间消失，交往的双方会很快真诚地走向对方，开始坦诚相处，以至于最后可能会忘记了对方的大名。从称谓中就能感觉到人们之间的那种平等和轻松。

日本，可谓是受我国儒教思想影响最深的国家之一。但是，在日语里，尊称也可以简单到在人的姓氏后面直接加上“さん”，比如尊称一个姓田中的人，就叫他“田中さん”，甭管你想尊称对方“老田中”，还是想昵称对方“小田中”，万变不离其宗。

日语里面也有一种“舍弃称谓（よびすて）”的说法，就是省略后面的敬称“さん”，以体现彼此之间的亲切。

中国人彼此之间的称谓就没有那么简单了，《红楼梦》里的贾元春就是一个典型例子。元春被选作妃子以后，她的父母即使对她有万般疼爱，对于皇帝的妃子，也只能用官称。尽管我们经过“五四运动”等文化运动，也没有彻底革除人们头脑中那些根深蒂固的等级观念。

今天，最亲近的同学，当属大学时代的同学们了。大学期间，同学们直呼其名，亲密无间，情同手足。离开校门之后，犹如被大风吹散的蒲公英，漫天飞舞，飘向各地。天赋、个人奋斗以及各种机遇，使得每个人都有了各自的社会地位以及与之相适应的头衔，于是，也有了多种称谓。一个普遍的现象是：官位越高的官员，头衔越多，称谓也就越多。

有时即便是同学，在职场里也需要忘记过去，需要在新的现实中寻找自己的位置和别人的位置。于是，彼此间的称谓也有了变化和内涵。

然而，同学之间，多年后依然直呼别人姓名，也希望被直呼自己姓名的人也同样不少。已经是堂堂“人物”

者，依然被同学和发小直呼其名甚至绰号的感觉非常纯净。因为，这些称谓可以把人带回那个纯净的年代、那段纯净的关系和纯净的情感当中，也传达了彼此的信任、了解和忠诚。

人的一生中，那些纯净年代的时间实在太短太短。相信无论是被直呼其名者、还是直呼其名者，都可以从中找到那种纯净、美好的感觉。这种感觉，比酒后被对方称一百个“哥们儿”要朴实得多，真实得多。

“跨越式发展”

2011年2月21日

前几天去参加一个会议，会上，参会人员兴致勃勃地向他们的领导汇报了这一段时间来，他们所做的工作。

会后，一个参会者对我说：“我敢肯定，他们汇报的这些事情其实根本都没做。”看到我诧异的表情，他进一步解释道：“你想啊，1月底布置的工作，仅仅跨过这一个春节，怎么可能做那么多事情？”

听此我恍然大悟。从时间上来判断，的确应该如此。

可转念一想，那些布置工作和检查工作的人会不知道这个道理吗？

曾几何时，“实现跨越式发展”成了一些人的一句时髦口号和“奋斗目标”，从中获得了很多好处的，大有人在。他们深知，要实现“跨越式”发展，就必须采取“跨越式”做法，其方法不外乎有如下两种：

（一）制定高指标，挥霍人力物力

以一个好听的名义，肆无忌惮地挥霍人力物力，成了当今社会的一种畸形现象。

中国有请客文化。过去中国人穷，一般人家平时省吃俭用，一旦家里来了客人，就不惜一切代价招待，为的就是要把面子做足。于是，一些对财富、人力的挥霍，也都在“请客”“形象工程”这样的文化及冠冕堂皇的理由下被认可了。殊不知，在那些冠冕堂皇的名义下，多少人的血汗被挥霍掉了。

此外，更有向市民提出不切实际的要求，订立不切实际的高指标的行为。超出实际的要求，只会把基层做具体工作的人员弄得疲惫不堪、苦不堪言，也会给地方留下许多无法收拾的烂摊子。

（二）寻求代理人，编制美丽幻景

要实现“跨越式”发展，就需要有“跨越式”发展的理由，需要找一个“孙悟空”作为代言人，以一种特殊的方式告诉大家：这个人可以帮我们实现跨越式发展。于是，随之而来的便是和“孙悟空”一起编制一个美丽的幻景。

有一个耐人寻味的真实故事。

在国内，有一些具有海外背景的华人，因为他们游走于国内外，这里权且称其为“海走”。他们当中，有个别名声并不是太好。

有个“海走”做过国内著名大学的特聘教授，他同时还有一个自己的公司。他以国内著名大学的名义搞到了很多重要项目，但并不是放到他所代表的大学，而是直接介绍到其他公司。有熟悉他的人说：“那些甲方对他完成项目的情况怨声载道。”他受聘的学校对他的考核结果是“不合格”，也就因此不再续聘他。

可有趣的是，他离开这所认为他不合格的大学之后，换了一所大学继续做起了特聘教授。对此，很多人都在感叹“看不懂、看不懂”。

有的单位想“跨越式”发展，有的人追求“跨越式”名利。这种“跨越”，其实都是以跨越式发展之名而行欺骗之实，成绩被层层夸大，在实现数字“跨越式”发展的同时，人的诚实善良的本性也就被抛弃了。

社会不需要这样的“跨越式”发展。

谁是谁的上帝

2011年3月3日

昨天，网上一则全国人大代表认为“国学教育过热会发炎，会产生病态”的新闻引起了我的注意，于是打开来细细观看。原来这位人大代表是在以民主和科学的名义，呼吁禁止阅读一些古代文化典籍，为的是防止它们毒害下一代。同时，还建议由政府出面，编著国学读本……

我们沿着这位人大代表的思路，会产生这样的追问：

谁来判断学生阅读的东西是否是民主的、科学的？

谁来保证今天认为是科学的东西真的就是科学的？

不知道这位代表对上面的问题将如何作答。从代表的话语来看，他实际上是想以民主、科学之名，行禁锢思想文化之实。这种行为方式实在值得警惕。

中国有过禁锢民众思想的历史阶段，最早的举动大概可以追溯到秦始皇的焚书坑儒。这种禁锢思想的举动，严重制约了社会的发展和人类的进步。

我们看看历史上和当今世界的那些强国，哪一个不是思想解放、社会开放的国家？

再举一个相关的例子。英国女作家 J. K. 罗琳的小说《哈利・波特》，创造了被翻译成 70 多种语言，在全世界 200 多个国家累计销量达 4 亿多册的令人艳羡的奇迹。

我们不妨追问一下这部小说产生的文化背景。毋庸赘言，《哈利・波特》的产生，源于浓厚的英国鬼神文化基础。反观我国，尽管我国产生过《西游记》《聊斋志异》等建立在鬼神文化基础上的伟大作品，但是，我们当代文坛在这个领域却鲜有建树。

在思想和文化领域，从来就不需要指手画脚的上帝，也不存在万能的上帝。就像尼采说过的那样：“上帝死了！”

“招呼吧”

2011年3月12日

“招呼吧！”在某市有关部门决策的时候，坐在我对面的一位局长如是说。

当时一下子没有理解这句话，不知何意。向其他当地的同事询问，才知道这是一句当地的方言，意即“干吧！”

这位局长要“招呼吧”的事情是什么呢？

这座城市要新修一条道路，为了提高水平，这条道路的红线宽度被定为170米！但实际上，具备同样功能的道路，最多50米足矣。170米，不仅意味着要占用大量的耕地，而且意味着给行人过街增加了巨大的困难。而这位局长要副市长“招呼吧”的理由很简单，就是因为它气派——170米宽的路啊！

为此，我当即投了反对票，并列举了这样修建道路的弊端。也正是我的反对票，让这位副市长陷入了踌躇。

曾几何时，城市建设者把关注的目光锁定在了城市道路，试图以修建极宽的道路作为自己的政绩，并且美其名曰“× 年不落后”。在这种口号下，很多城市的建设都是唯恐道路不够宽，唯恐道路不够气派。

真正的业绩应该是集智慧、科学于一体的结晶。而“× 年不落后”，证明的是什么呢?

“就没有××的吗”

2010年3月22日

生活在日本的一些中国新闻人把在日本的中国留学生的生活拍成了电视纪录片。纪录片真实地记录了一个个中国留日学生的艰苦生活，记录了他们的喜怒哀乐，更记录了他们所表现出的不屈精神。

中国人看了非常感动。

中国人后来问记者：“就没有成功的吗？”

日本人看了非常感动。

日本人后来问记者：“就没有失败的吗？”

原来，在许多中国人的眼里，纪录片里记录的人都是失败者。而在日本人的眼里，纪录片里记录的人全部都是成功者。

在日语里，有一个人们在道别时永远可以使用的词：

加油！（がんばってください）

在寺庙里，你总能看到一群日本人围着香炉，将香所冒出的烟“泼洒”向自己的脑袋。因为，日本人相信这样可以使自己的大脑更加聪明，而聪明的大脑可以处理好任何事情。

在寺庙里，你也能看到一群中国人在顶礼膜拜。至于他们心里在想什么、在乞求什么，当然只有他们自己知道。但是可以肯定，他们中间很多人乞求的是升官发财。

在日本文化中，更看重的是过程，看重的是你是否在这个过程中努力。而在中国文化中，更看重的是结果，至于你是怎样得到的结果，似乎根本不重要。

古语说“谋事在人，成事在天”。“成功”的条件那么多，怎么就能以“成败”论英雄呢？人唯一可以做到的，就是在追求目标的过程中，做最好的自己。而唯以成败论英雄的文化，注定会造就一批又一批的投机者。

接人待物的顺序

2010年8月9日

日常生活中，人与人之间的谈话经常会被打断。

（一）被电话、短信打断

工业化的后发优势，似乎让中国一夜之间跨越了西方的电话时代，直接进入了移动通信时代。一边开着汽车一边打电话的自不必说，一边步行或者一边蹬着三轮车一边打电话的也比比皆是。在今天的中国，除了学不会使用手机的老人和儿童之外，拥有一部手机是再正常不过的事情了。

手机的普及带来了使用手机的礼仪问题。在公共场所、在与人交谈或者会议进行期间，若无其事地拨打、接听电话，接收、发送短信，就成了和今天的物质文明最不相称的现象之一。

经常可以看到端坐在主席台上、正在发言的人，突然停下讲话去接听电话；也经常可以看到有人在公共场所，旁若无人地大声接听电话。一位从事摄影工作的朋友对我说，现在拍一张能够拿得出手的会议现场照片真难——总有几个脑袋在打电话、发短信或者是打瞌睡。

或许是由于从前电话太少，不是急事不会拨打电话；或许是由于打电话需要钱，必须争分夺秒地说完事情。不知道从何时起，好像接听电话成了待人接物中处于最优先地位的事情。电话可以打断任何人的谈话，甚至可以打断人的假期和睡眠。

（二）被突然进来的人打断

正在和人讲话时，经常被突如其来的人和事打断，而且，打断说话的人或事并非那么急迫、那么重要。

打断和被打断，都考验着现代人的素质，甚至可以成为社会文明的晴雨表。有以下几点或可以稍微注意：

在讲话时，即使来了电话，也坚决不接听；在和人谈话时来了电话，或是不接听，或是对正在谈话的人说一声：“对不起，我接一个电话。”

想和正在谈话的人说话的时候，首先静静地、远远地站在一旁，在尽量不打断对方说话的同时，引起对方的注意，等对方说完，再走过去和他讲话，无论对方是谁。

交往的文明与礼仪，都要求我们不要轻易打断别人，也不要轻易被打断。

那些让人啼笑皆非的文书

2010 年 5 月 30 日

因为工作关系，经常会在一些呈报来的文书上签字。

总是发现呈报来的文书很多都是没头没尾的，至少在格式上就不合格。很多时候，这些文书的起草者都是研究生，技术职称是教授。

每当遇到这种情况，我就会问："你这个文书准备写给谁？以谁的名义？"

对方答曰："× × 部门让我写的。"

这种答非所问，既"实事求是"而又"无厘头"，实在让人啼笑皆非。

掩卷反思：什么地方出了问题？

首先，它反映出我们的文化缺乏应有的正统、正规和正式意识。一些时候，人们对待事情的态度就是"趟事”（这里借用老舍先生《我这一辈子》中的一个说法），走形式、走过场的思想根深蒂固。

其次，是行政制度里有时缺乏固定的、透明的行政程序。不清晰的行政要求，会让办事的人如坠十里雾中。这种情况下，具体办事人提交的文书答非所问也就在情理之中了。

再次，说明我们小学、中学时代的基础教育存在问题。本来，应用文写作应该是语文教育中最基本的内容。只要受过基础的语文教育，就应该会写这样的文书，更何况都读到了研究生。

最后，就是文书起草者处理事情的态度和表达能力的问题了。无论我们对行政制度多么陌生，无论我们的语文多么糟糕，只要知道对谁说话，出于礼貌我们也会知道第一句话该怎么说，知道落款应该是谁。例如，如果是甲部门要你提交一个文书，至少抬头应该是“甲部门负责人”吧。

那些让人啼笑皆非的文书，虽然只是一些小事，实质上却反映出种种缺失，让人禁不住苦笑。

不知道还要多久才能消除这些现象。

围观人生

2010年8月11日

有个相声，说的是有一个人坐在河边看别人钓鱼，一看就是几个时辰。垂钓者问他：“何如你自己垂钓？”观者答曰：“我没有那个耐心。”

国人好围观，但凡有一个事件，或是有一点与众不同的事情，就会立即引来众人的围观。围观就围观呗，围观者还喜欢“积极参与”。否则，那些街头的象棋棋盘上，也不会大大地写着“观棋不语”几个字了。

生活中有一类人，非常喜欢围观别人的人生。一个人稍微有点与众不同，或是小有成就，就会引来他人围观。他们交头接耳，品头论足，甚至作判断、下结论，旁若无人。

“你个性太强，太自我……”

这些人总归可以从围观中找到一点被围观者的“毛

病”，并自作高明地对此加以“批评指正”。

围观者和那个观钓者一样，只看到了别人的人生，完完全全忘却了自己也有人生的道理。几轮围观过后，发现自己已经远远落伍，气急败坏之余，仍不忘了将对被围观者的“批评指正”升级为各种类型的攻击。似乎这样，也算是没有虚度自己的人生了。

被围观者也大致分为两类。一类是不习惯被围观，尤其是听到旁边的人交头接耳，就会心慌意乱，手足无措，开始怀疑自己，从而偏离自己的人生轨迹。另一类则是旁若无人，继续过自己的人生，大有一种“走自己的路，让别人说去吧”的气势。后一类人多是由于拥有相当的自信而形成了强大的定力。

其实，世上有很多“正确”的东西，完全在于人的坚持，在于你目不斜视地努力。旁观者的流言，只有在你显示出动摇的时候，才会愈加猖獗。当流言对被围观者毫无效果的时候，倒是流言的制造者会怀疑自己的“法力”。至此，流言，也就烟消云散了。

围观，大概已经有几千年的历史了。要人们一下子改掉，也不是那么容易。尽量不围观，在被围观的时候，依旧相信自己，也许是应对围观的最好武器。

关于坐标的断想

2010年8月24日

（一）坐标点及旅程

所谓坐标系，是指在一个国家或一个地区范围内，统一规定地图投影的经纬线作为坐标轴，以确定国家或地区所有测量成果在平面或空间上位置的坐标系统。

所谓坐标点，就是在坐标系里、大地间具有自己独特的位置、“不动”的那一点。由于它不动，它就成了指示方向的绝对参考，而其他的任何位置，都要通过这一点来标明自己的位置。

如果把人生比作一次旅程，那么，人信仰中的那个“彼岸”，则是此次旅程的一个坐标点。它在人生的坐标系当中，有一个特殊的位置。有了那个不动的坐标点，人的旅程才能少走很多弯路。

和一个生活在德国的教授交谈，他告诉我：在德国，如果一个人违反了法律，旁边的人可能会立刻打电话报警。这说明在德国民众的心中，已经建立起了一个“不动”的坐标点，当其他人的行为和这个坐标点不一致的时候，人们会立刻发现，并采取相应行动。

（二）帮助文化

和那位德国教授说起一位同事的亲身经历。

这位同事在欧洲旅行时，有一次拖着沉重的行李在路上行走，一辆疾驰的汽车戛然停下，并倒回来停到了他的身旁。驾驶员询问道：“是否需要帮忙？”

这件事让那个同事深受感动。

德国教授评论道：受宗教的影响，欧洲国家的人民普遍有着帮助的文化。

在道德的坐标系中，帮助文化无疑是一个“坐标点”。每个人都需要一个人生的坐标点，也需要坚定地向着那个坐标点前行。

想起了《砂器》

2010年10月24日

上大学时，看过一部名为《砂器》的日本电影。

故事说的是一个出身卑微的钢琴家，为了跻身上流社会，就试图隐瞒自己低微的身世。为此，他竟然选择了一种极端手段——暗杀那些知道自己真实身世的人。常言道：天网恢恢，疏而不漏。事情最终败露，于是他精心构筑起的一切人生辉煌，就都像沙滩上用沙子堆起的沙雕一样，在一阵海浪过后，消失得无影无踪。

艺术，总是现实人生的浓缩与投影。

近些年的我国，经济的腾飞和社会利益的再分配，激起了人们内心欲望的躁动，也让许许多多憧憬着成功的人看到了希望。经济快速增长的社会巨变时期，很容易看到一种现象，就是一些人开始表现出人性的沦丧和出现极端个人主义行为。改变命运的渴望和一夜成名的梦想，驱使着一些人跨越文化和道德护栏，在攫取物质利益和精神利益的崎岖道路上暴走。这些都为我们构建现代文化和道德精神敲响了警钟。

在交通管理中，要预防交通事故发生，通常需要驾驶员具有安全防范意识，也需要在道路上安装包括护栏在内的交通安全设施。两道“护栏”缺一不可。

和预防交通事故需要采取措施的道理一样，要防止人们像电影《砂器》中的主人公那样利欲熏心、害人害己，社会必须筑起道德和法律两道护栏：发掘人性中的真善美，弘扬人类的博爱精神，使得每一个人都树立起精神规范，预防“安全问题”的发生；构建以法律准绳为核心的社会规则与秩序体系，制裁极端个人主义行为，从而避免对社会产生的危害。

“被高速”的明与暗

2010年11月9日

随着国家铁路动车组的开通，我国的高铁建设及整个铁路事业得到了飞速发展。与此同时，也诞生了一个新词——被高速。

“被高速”的原意是出行者被动选择高速铁路，而并非是自愿地选择高速铁路出行。

前几天出行，就遭遇了“被高速”的暗流。

由于工作关系，那天必须连夜从济南赶到石家庄。济南到石家庄，汽车太远，飞机太近，再加上在济南行程的关系，于是选择了火车。托济南当地的同事购买火车票，被告知只有晚上23:55从济南东出发、次日凌晨4:49抵达石家庄北站的火车。

深夜，朋友开车把我送到济南东站。三个身着制服的人，阻拦我们的车辆驶入车站前即停即走的车道，迫使我们驶入收费停车场。

进入车站，简陋的站舍、杂乱的环境，和经常出访时看到的火车站形成了鲜明的对照。

火车还算准点，跟着人流在崎岖的步行道上一番折腾后，终于登上了火车。火车是久违的绿皮车，车厢里的各种设施，已经有了年久失修的样子。

由于连日的疲劳，很快就在摇摇晃晃的上铺睡着了。

火车准点抵达石家庄北站。原本以为没有多少乘客会在此下车，可是，走到前面的车厢才发现，不仅卧铺车厢有很多和我一样的乘客，还有更多的硬座车厢乘客也在此站下车。

无数次到过石家庄，但是在石家庄北站下车，这还是第一次。跟着人流穿过地道，地道里，不知道哪里来的水，淹了一大片台阶，人们纷纷避让，趺趺撞撞地走出车站。

迎面而来的，是成群的询问是否要打车的人。不知为何，他们中间妇女居多。放眼望去，路边横七竖八地停满了亮着顶灯的出租车。看到一辆干净整洁的出租车，就打开车门坐了进去。出租车向着要去的宾馆驶去。

清晨的城市快速路空空荡荡，偶尔会遇到一辆行驶的汽车，整个城市仿佛还在梦乡。

出租车很快抵达了宾馆，计价器开始不紧不慢地打印发票。当那张小小的发票被送到我的手上时，我才感觉到这辆“出租车”的问题。

那哪里是一张发票，简直就是一张白条。于是，我向他索要发票。昏暗中，司机从兜里掏出一些票据，从中挑出了一张，递给了我，我没有多想就把这张“出租车票”收了起来。后来才发现，这也是一张没头没尾的票据。那“出租车”的身份就更加让我怀疑了。

一次火车之旅，让我深感出行之不易。

铁路的高速化，的确为促进社会进步发挥了巨大的作用。可是，与此同时，也不能放松其他方面的建设升级。经过了这样的旅程，我不禁陷入思索。

怒斥有用吗

2010年12月9日

前几天，和一个不大不小的官员交谈。说到某件事的时候，他很是显示了一下自己的威风，不仅嘴里骂骂咧咧，还说自己曾经为之拍桌子、瞪眼睛。

听起来让人觉得他好不威风。

想起了媒体上经常说“某某官员怒斥”，于是乎，怒斥似乎成了一些官员伸张正义的“创新”动作。各种问题一经官员怒斥，就马上迎刃而解了。这个现象听起来实在有趣。

做任何事情都不能没有规范和标准，做官、治国更不例外。一道政令如果要靠怒斥才能得以施行，那不是行政出了问题，就是下层官员自轻自贱得可以。

时光流转，斗转星移，世间的一切都在变化。只是，这些不断创新的动作，在外人看来如此滑稽可笑。因为它们除了给人越来越浓重的作秀感觉以外，更让人觉得好像回到了荒蛮躁动的时代。

如果在某一个制度下，官员的动作最终被“提纯”到了用怒斥解决问题，而缺少应有的理性、规范与科学，这个社会是怎样的社会呢？

车辆年检纪实

2011年1月6日

大风中，北京天寒地冻。忽然发现自己的车已经该年检了，不得已选择了这样的天气去验车。

去之前，先在有关网站上查了一下办理手续及应当准备哪些材料。网站是很容易找到，但是，要找到需要携带哪些材料实在太难。根据以往的经验，除了准备好所有和车辆有关的文书、合同、保险、驾驶证、行驶证等之外，还复印了驾驶证和行驶证。因为，你不知道到时候会需要哪些东西，又要哪些东西的复印件，如果不准备好，既要花冤枉钱，又要浪费时间。一切准备妥当，带足了这些材料才前去验车。

车辆检验所的门口，赫然张贴着“警惕车虫”之类的告示。北京有很多检验所，当你开车接近那里的时候，就会有很多手里举着“验车”小牌子的年轻人，这些人就是他们所说的“车虫”。一时间，北京的很多检验所都被“车虫”包围着。

今天还好，或许是因为天气太冷，也或许是因为这里组织得比较好，没有了“车虫”生存的空间，没有遇到举着“验车”小牌子的“车虫”。

循着指路标志，将车在验车场里一路开去，寒风中已经有几个工作人员模样的人等在那里了。

“打开发动机盖。”一个身着制服、工作人员模样的人对我发出指示。

“到一号窗口去。”一阵观察之后，工作人员又发出指示，然后扭脸就走。

“一号窗口在哪里？”我追问了一句。

工作人员停下脚步，没有说话，伸手指了一下。

顺着工作人员手指的方向，来到一栋简易的小房子前。3 个窗口上，分别标出了阿拉伯数字 1、2、3，里面并排坐着 3 个工作人员。

凭着本能，在 1 号窗口递进去书面材料。“75 元。”里面的工作人员发出一个声音。递上钱之后，“到 2 号或者 3 号窗口。”随着一声指令，材料又被递了出来。

“真是分工明确啊！”我暗想。

从 3 号窗口递进去材料之后，“有 1 元钱吗？”里面的人问我。我赶紧递上去 1 元钱，至于为何要收这 1 元钱，对方没有说明。我发现工作人员接下来的程序是拿着我的驾驶证去复印。

“该不会是复印费吧？”我心里暗想。

回到车里继续排队。很快，车辆被引导到一条黄线前停下，车被交给一个等在那里的工作人员。他告诉我等待的地点，便把车开进车间。

在凛冽的狂风中等了一会儿，就发现自己的汽车被开了出来，停在了一个地方。但是，工作人员不见了踪影，也没有人告诉我下一步应该做什么。只是发现旁边的人拿着材料，向着一个窗口走去。跟着大家，懵懵懂懂地在标着阿拉伯数字 1、2、3 的窗口办一道又一道手续，没人解释，没人说明。

办完了这些窗口的手续，回到车上继续排队。

等了好一会儿，又一个工作人员模样的人来到车前：“打开发动机盖。”和刚才一样，自己乖乖地打开发动机盖，等待检查。这个工作人员用复印纸一样的东西，在里面数字的地方粘贴了一会儿，并把“复印纸”贴到了检测的材料上，之后扬长而去。

“这下发动机算是检测好了。”我暗自想，就关好了发动机盖，坐在车里避风、等待。过了好一会儿，又有一个工作人员来到车前对我说：“打开发动机盖。”

至此，我已经全然没有脾气，再次打开发动机盖，等候他的“检查”。他在发动机室查看了一会儿之后，又检查了灯光、雨刷等。要求我把车开到另外一条检测线前等待。

接下来，一个工作人员接过我的车，我再一次被置于狂风之中。

侧滑、制动、尾气排放、灯光，一路检测下来，汽车回到我的手中：“到那边的办公大厅去吧。”

谢天谢地，看样子只剩下最后一道手续了。而此时，我已经快被冻成冰雕。

办公大厅里暖洋洋的。第一个“工位”是一张桌子旁坐了两个人，一男一女。男的接过材料和交强险（副本），在上面画了几笔，就递给了身边的女人，女人在电脑上点了一下，就告诉我：“到 2 号窗口。”在 2 号窗口交了 76 元钱（又是没有任何解释的缴费）之后，被吩咐到下面的窗口。

后面窗口里的工作人员，在我的行驶证上打印了一条记录，递给我检测合格标志。至此，历时 1 个多小时的车辆年检大功告成，我的手指也逐渐恢复了知觉。

真的需要那么烦琐的程序吗？真的需要那么多的窗口吗？工作人员一定要对我们三缄其口吗？

我离开办公大厅，边走边想。

读书的效率

2011年8月18日

等飞机的时候，照例打开一本书静静地读。

兴致正浓时，几位同行者来到我身边打断了我。看到我在读书，大家交谈的话题很快转移到了读书上。

“现在太忙，很想只读一些有用的书，所以不知道该读什么了。”一个同伴说，随即得到了几个人的附和。

看来，在我们这群学工科的学者中间，效率成了他们读书的第一要义。没有效率的事情，他们似乎在因为不知道该怎么做而不做。这听上去实在有趣。

实际上，人们这种对效率的追求，恐怕不仅是限于读书，已经延伸到了生活的方方面面。

静静想想，追求效率的确符合人类的进化规律。实际生活中在竞争中的胜出者，无不具有高效率的素质。同时，效率的表现形式也常常十分明确，比方说为了某种目的读书“一目十行”“过目不忘”都是效率的证明。

但是，更深层次上，效率还深深地隐藏在日常生活当中，而很多人无法看到。这就如庄子曾经说过的：“无用之用，方为大用。”

那些“器物之用”，在解决一些实际问题时，可以体现出效率，可是，如果用这些“器物之用”去解决“大用”的问题，也许就显得无能为力了。这时候回头看看那个“器物之用”的效率，近似于无，这恐怕也是很多“器物之用”被称为雕虫小技的缘由。而此时“无用之用”却发挥出作用，甚至可以实现效率的最大化。

经济的快速发展，社会技术的快速进步，让人们更多地看到了“器物之用”的效率，但也让人们忽视了“无用之用”的效率。而很多时候，“无用之用”则更深地影响着一个人、一个民族和一个国家。

有研究发现，美国越是精英的大学里，学历史的学生就越多。著名的耶鲁大学，历史专业的学生比例高达15%，高居各专业第一。这些教育“给他们的是价值观、社会理想、对未来的远见、对人类命运的关怀，而不是怎么在那里数钱”。

在此背景下，有谁敢说读史是无用、是无效率的？

当明白了效率的这重含义之后，恐怕就不再会拒绝那些看似无用和读起来无效率的书籍了。

开卷有益。

孩子们手上的荷叶

2010年7月19日

小区里有一个池塘，每到夏天，池塘里的荷花、睡莲以及菖蒲等水生植物都会绽放出美丽的花朵。池塘里有鱼，入夜，还不时传来悠扬的蛙鸣。荷花、荷叶高高挺立于水中，看上去甚是清新怡人。走过它们身旁，还可以闻到阵阵荷花的香气，真是让人打心底喜爱。

因为有水、有绽放的荷花，也吸引了许多蜜蜂一样的居民。一到傍晚，总有许多妇女和老人，领着孩子围绕着荷塘玩耍。荷花的美丽，不仅吸引了人们目光，也勾起了一些人动手的欲望。于是，靠近水边的那些手能够摸到的荷叶，便早早地秃了头。因此，每年在池塘边及池塘边的树上，物业工作人员总要张贴“禁止采摘”的警示牌。

小孩子不认识字，伸手要荷叶，大人没有拒绝。于是，围着池塘的小朋友，每人手上就多了一个荷叶，而池塘里，就多了几根光秃秃的荷叶的枝干，孤零零地站在水里，看上去煞是让人心疼。孩子身边的大人只顾满足自己的孩子，哪里有闲心去可怜那些荷叶？

小孩子不懂事，大人心疼孩子，不顾“禁止采摘”的禁令，成全了孩子的要求倒也罢了，有一次还看到几个妇女蹲在那里大把大把地揪着荷叶。从她们的动作和神态来看，她们知道自己的行为不那么光彩。但是，不光彩的感觉，并没有阻止她们的行为，池塘里的荷叶，依旧是一天天减少。

看到这些现象，唏嘘不已。同时，也让我想起一次去公园游玩时的所见。进入公园的那些妈妈们，每个人手上都拿着一个小鱼网，身边跟着她们的孩子。在那么多小网的捕捞下，公园的小溪里，只剩下了清澈的山泉，就连那些可怜的小蝌蚪，也被捕捞得一干二净，哪里还有小鱼的踪影？

在公园里，偶尔也遇到过孩子向母亲索要树叶，母亲毫不犹豫地伸手摘下了一片树叶，递到了孩子手里。

爱子之心人皆有之。但是，父母们，怎样才算是爱你们的孩子？在这些若无其事的一采一摘的瞬间，自私、占有甚至野蛮等不正确的信息就被传递到了孩子幼小的心灵中，你们如此递给孩子的不是荷叶、鲜花，而是愚昧、无知和野蛮。

记得有位著名作家在一篇小说中曾经这样描述他那个时代的农民：如果遇到可以顺手牵羊的事情，没有去做，那就是吃亏了。时至今日，“公共的、自然的东西，就等于自己的东西”这样自私自利的观念依然存在。

多希望看到父母们在孩子伸手采摘荷叶的时候，轻轻地对孩子说：“孩子，应该把它们留在那里。”

入夜，静静地躺在床上，明显地感觉到蛙鸣在日渐稀落。于是默默期盼：但愿那些青蛙是安全转移到了新的地方，而不是惨死在了人的手下。

有趣的公交广播

2011年8月18日

政府给市民提供了方便的公交系统，出门时时常利用。无意间，一些公交广播进入耳朵，想来十分有趣，记录于此。

● 一辆公共汽车到达地铁 A 号线的始发站，公共汽车的广播却是：

“前方到达 × × 站，有去往 B 医院和 C 医院的乘客，请在本站下车。”

——在公共汽车换乘地铁，或者地铁换乘公共汽车的地方，却唯独不告诉你这站是换乘站。

● “……请大家给老、幼、病、残、孕乘客让座，以保障他们的出行安全。”

——给老幼病残孕乘客让座是一种美德。如果他们站着，会有怎样的安全问题呢？其他乘客站着就没有类似的问题了吗？为何不说道德，偏要说安全呢？

● 这是地铁里的一段广播：

“……请大家抓紧时间上下车，不要拥挤。”

——出门本来就着急，“请大家抓紧时间”增加了紧迫感，反倒不利于安全。

第二篇

我所思兮在大学

大学就是大学，没有所谓的中央和地方院校之分，其根本属性都是一致的。只要是大学，就必须承担大学的职责，就必须按照大学的规则、规律去办好大学。

因此，大学在自身定位和建设的过程中，不能用“地方院校”之类的说法矮化自己，并试图以此为借口逃避承担大学应有的职责。

工作在大学，生活在大学，身为大学人，我所思兮在大学。

我所思兮在大学

2011年1月19日

（一）什么是大学？

关于什么是大学，有很多的说法、很多的定义。人们常讲大学的职能是科学研究、人才培养和服务社会，也有学者认为大学是一种制度。细想一下，后一种说法不无道理。

从本质上讲，大学是探索发现真理、培养探索发现真理的人和创造社会精神价值的地方。

在社会不同的领域，真理有着不同的表现形式，从而形成了该领域的社会特点，也形成了在该领域从事研究的大学特色。其表现是服务于不同社会领域的大学，具有鲜明的领域特色。

大学就是大学，其根本属性都是一致的，没有所谓的中央和地方院校之分。只要是大学，就必须承担大学的职责，就必须按照大学的规则、规律去办好大学。因此，大学在自身定位和建设的过程中，不能用“地方院校”之类的说法矮化自己，并试图以此为借口逃避承担大学应有的职责。

担当需要勇气，更需要品质。只有勇敢承担起大学的职责，并构建起相应的精神与品质，才有可能培养出真正的学者和建成一流的大学，才会不辱大学的使命。

（二）大学精神之所在

人类社会是一个多元的、丰富多彩的世界。这个世界的不同领域具有不同的价值及其表现形式。就以职业为例，不同的职业有不同的职业道德和职业标准。例如，律师的职责就是为委托人辩护，一个好的律师，能够运用他的知识和能力，为委托人做出最成功、最出色的辩护。同理，政治家有政治家的职业标准，商人有商人的职业标准，官员（公务员）有官员的职业标准，学者也有学者的职业标准。

不同的职业标准，构成了一个多元的世界，一个相对来说比较清朗的世界，各种标准相互制约，共同发展。或者说，正是由于价值的多元化，才构筑起了一个适宜于人类发展、可以促进社会进步的价值体系。如果各种标准相互趋同，相互靠近，必定会导致社会职业伦理的混乱，最终导致社会制度的混乱。

坚持真理，是大学精神的核心本质。激发学者探求真理的勇气，培养学者探求真理的能力，为学者探求、坚持真理提供庇护，应该是塑造大学精神和“去行政化”的真正着力点。

（三）学者的基本素质

晚清国学大师王国维提出了治学的三种境界：“昨夜西风凋碧树。独上高楼，望尽天涯路”“衣带渐宽终不悔，为伊消得人憔悴”“众里寻他千百度，蓦然回首，那人却在灯火阑珊处”，为学者治学指点了一条坚持不懈的追求之路。

与此相对应，作为学者，其探求之路也有不同的层次。以探求真理、实践真理为人生、生活的价值和乐趣，应当是学者的最高境界；以经济利益为目标，从科学探索中发现经济利益，实现经济价值者次之；完全以考核指标为导向，“傻子过年看隔壁”的学者，位于学者队伍的底端。

大学教师，担负着发现真理、教书育人的职责。大学教师只是真理的追随者，要遵从规律，追寻真理。因此，恪守真理应该是大学教师的基本素质和精神。

学者必须明白，不同的学科领域所发现的真理有不同的学术表现（如研究成果进入 SCI、EI 检索等），真理物化之后可能会产生不同的经济效益或者社会效益。但是，真理本身没有高低贵贱之分，不同真理的发现是第 9 个烧饼和第 10 个烧饼的关系，其价值及意义，不可以用比较蚂蚁和大象哪个力气更大之类的方法来进行评价。

（四）没有学术是万万不能的

如何评价一个学者，一直是一个备受争议的问题。

这个话题让人想到歌唱艺术家。歌唱家里，有人擅长美声，有人则得意于民歌。不同的唱法有各自的特点，一定要用一套评价标准去区分他们的高下，就难免偏颇。

学者何尝不是如此？学者各有所长，有的擅长基础性研究，有的则得意于应用性研究。擅长基础性研究的人，在发现真理的路上越走越远；得意于应用性研究的人，则可能在应用的大地上深深扎根。用应用领域的成功例子去否定发现真理的必要性，或者用基础研究的深远影响去否定应用的意义，都有失公允。让社会做出判断，而不是凭借自己的好恶来轻易地推断，才是最客观的态度。

诺贝尔奖得主未必是学术界公认的叱咤风云的人

物，但是，没有雄厚的学术实力作后盾，要想在学术界有学术影响力，也是白日做梦。

可以这么说：学术不是万能的，但没有学术是万万不能的。

（五）水至清才有术

在学术历史不是那么悠久、但政治“文化”发达的社会里，试图用政治力量达到学术地位超越他人的目的之事偶尔存在。这里不妨将这种行为称为“政治性学术”。

学术研究的基本规律是：明确研究对象的本质特征，建立一些指标，来描述这种特征，利用认知规律和这些指标，来说明研究对象本质特征的变化规律。因此，学术研究的基本过程，就是将复杂的事情简单化，突出事物的本质特征，发现主要矛盾，并解决这些矛盾。

换句话说：让对象清晰起来，是学术的最根本目标。也可以说“水至清才有术”。

而政治和学术有着根本上不同的规律和标准。很多时候，如果用搞学术的思想去搞政治，恐怕会把政治搞得一团糟。反之，如果用搞政治的手段和标准来搞学术，结果一定也好不到哪里去。

试图用政治的手法去追求学术的高度，必然不会有很好的结局，无论是古今中外，概莫能免。

（六）扎好学术的篱笆

既然“政治性学术”后患无穷，既然“水至清才有术”，那么要想做好学术，就要构建一个适合于做学术的环境。

就像有人认为“贫困源于不合理的制度”那样，我们也可以说：良好的学术环境是创造出高水平学术成果不可或缺的条件。

为此，扎好学术的篱笆，防止有人将垃圾、污水偷偷排入学术界，污染学术的净水，是净化学术环境的重要措施之一。此外，还需要：

清除寄生在学术肌体上的寄生虫；

通过打虫药，消除体内的寄生虫；

在必要的地方，还需要通过手术，切除已经坏死的肌体。

“问渠那得清如许，为有源头活水来”——需要治理源头，才能让科学的池塘，清澈如许。

师之殇

2011年4月11日

做老师是一件很光荣的事，但有时又是一件很受伤的事。光荣是因为教师受到社会的尊重，受伤是因为教师有时候被学生遗忘。

差不多每年都会有学生来找我，希望我做他们出国留学的推荐导师。有时候这种请求是和他们和家长一起发出的。对这样的请求，通常没有谢绝的道理，且很多时候，我也把它当成一种荣耀。

“如果学生不信任你，能来找你吗？”我每次都如此想。

可是，我渐渐地发现，来请求我的学生基本上是在（网上填写的）推荐信寄出去之后，就再也没有了音信。从一些学生在办理手续过程中的请求邮件和短信中，你可以感受到，在他们的眼里，找老师写推荐信不过是他们完成必要手续的一个环节，并无须尊重，甚至连一声感谢的话都无须说。

在我的记忆中，我推荐过的学生去了美国、德国、英国、日本、中国香港、沙特阿拉伯、加拿大等多个国家（地区）。他们中间只有个别的出国之后还记得向推荐他（她）的老师道一声平安，或者逢年过节给老师发来一个问候。绝大多数都如石沉大海一般，再也没有了音信。于是，每当有下一个学生来请求我的时候，就会免不了要暗暗问自己："还要做这件事吗？"

问归问，做归做。谁让自己做了教师呢？

作为教师，当然需要检讨自己：我们为学生做了什么？学生何以如此？

假如这类学生很多都是如此，那么除了老师需要自我检讨之外，应该审视和检讨的恐怕还有其他人。

师之殇，谁之过？

学者的困惑

2011年8月18日

（一）自我宣传

一次，受邀在一个学术会议上发言。

发言前，一位长者颇具好意地建议我在演讲前“介绍一下”自己的单位和自己。他是这样建议我的，他自己也是这样做的。

可是，轮到我发言的时候，我还是没有那样做。不是想驳他的好意，而是实在做不出来。

在很多学术会议上，都会听到很多这种类似于广告的介绍。而且，有很多介绍听上去实在是牵强附会。有个例子：一所大学在介绍自己校史的时候，说该校起源于一项重要的工程，那时候，为配合这个重要的工程，搞了一个具有讲习性质的“学校”，这就是该校的前身。

同时，该校还找到了当时的国家领导人给那个工程的题词，作为证明。从题词的字面来看，和这所大学毫无关系，自然令人哑然失笑。

前几天和同事一起吃饭。席间，有个同事向在座的建言献策如何宣传自己。在一旁望着他那真诚的表情，实在不知道该说什么是好。

想起了“桃李不言，下自成蹊”的故事。自然界的桃树李树凭着各自结出的香甜果实赢得人心，人，又何尝不是如此？

（二）跑项目

“项目”成了当今中国一个学者“身价”的象征。承担过怎样的项目，在怎样的项目中发挥过怎样的作用，似乎更能体现一个学者的“实力”。

为了提高自己的身价，为了体现自己的地位，学者们纷纷放下自己的斯文（说实在的，我很怀疑有些学者从一开始就没有过斯文），把自己打扮成一个商人甚至是一个乞丐。

一位朋友就对我讲过，他的一位看上去风光无限的朋友，为了从他手里的一个大项目中分一杯羹，甚至表现得让人十分同情。

还有一位看上去颇有些影响力的人，谈起他第二天有关项目的商谈时，不无畏惧地长叹：“明天这顿大酒啊！”像这样的“大酒”，不知道在摧残了多少学者肠胃的同时，也彻底摧残了学者的斯文和尊严。

是啊，当一个项目、一个课题可以决定一个人命运的时候，有多少人能经得起它的诱惑呢?

于是，斯文，不见了；骄傲，不见了；尊严，消失了。学者，还剩下什么?

对流行口号的思考

2011年8月28日

（一）适应国家重大需求

经常听到一些口号，比如，“科学研究要适应国家重大需求”。一个看似合理的科学研究目标，就这样应运而生了。

果真应该如此吗？

比如，为了防止火车发生相撞事故，或许可以美其名曰：某某科研课题是为了研究如何防止火车相撞事件发生，或者攻克相关技术难题。

如果真是这样，相关的学者在事故发生之前都干什么去了？

亡羊补牢式的研究固然需要，但是，如果我们的每一项科学研究都是亡羊补牢式的“重大需求”的话，“科学技术引领生产力的发展”就会成为一句空话。

从根本上来说，科学研究本身无须科学家立即思考其用途，还有一些大家甚至说：“科学研究不一定要立即有用。”这话不无道理。

比如，阿基米德提出几何学的时候，他是否要先想好几何学的作用，否则就不做了呢？爱因斯坦提出相对论的时候，他是否考虑好了它的用途？如果没有当时看似无用的科学研究，也就不可能会有今天的相关技术及应用。

“学以致用”是一种治学态度，但如果把“用”仅仅理解成简单的“器物之用”，那就不会有基础科学的大发展，更不会有对世界科学的引领。

（二）订单式培养

人口过多、经济规模有限，带来了大学生就业的问题。一个最简单的解决办法，就是把学生就业的责任“分解”到教育部门。于是乎，一个看似合理的做法，就是把“就业率”和专业设置等问题挂起钩来。为了提高就业率，就有人提出了所谓“订单式培养”的口号，这又是一个看似合理的做法。

果真应该如此吗？

有人在研究美国的精英教育时发现：教育给人们的

最重要的财富是价值观，是社会理想，是对未来的远见，是对人类命运的关怀，而不是对钱的渴望。

显然，这些都无法直接和“就业”挂起钩。难道美国人就不怕自己的学生失业吗？担心学生失业，就可以放弃教育的信念和远见吗？这就是我们需要思考的问题。如果我们把教育仅仅定位在教给国民谋生（求生）的手段上，过于急功近利，那我们的未来会怎样？

几千年前的古人就告诉我们：“君子不器。”

“订单式培养”，可以休矣。

假如没有了虔诚

2010年1月26日

（一）一个耐人寻味的故事

2002年年末，瑞典的诺贝尔奖委员会宣布：当年诺贝尔化学奖的得主之一是日本人田中耕一。

田中耕一？！何许人也？

当宣布他获得当年的诺贝尔化学奖时，日本国内化学界的知名人士竟然对他一无所知。在电视台采访曾经的诺贝尔化学奖获奖者名古屋大学野依教授时，野依教授透露，他刚与另一位日本的诺贝尔化学奖获奖者白川教授联系过，都不知道田中耕一何许人也。最后，野依教授倒是灵机一动地说：“这说明只要自己努力，不在学术界活跃也能得到诺贝尔奖。”

其实，这个田中耕一既非教授，亦非博士，连硕士学位也没有，只是总部设在京都的一家叫作“岛津制作所”的普通工程师。而这“岛津制作所”，倒是日本一家十分有名的企业。

就在 28 岁的那一年（1987 年），田中在日本一次不太大的会议（关于分子质量测定的会议）上发表了他的一篇论文，而主办这次会议的也是一所不太大的大学（京都工艺纤维大学）。这篇论文最大的建树，就是其提出的理论有助于对生物大分子进行识别和结构分析。依据该理论，研究者开发了具有重要价值的化学分析仪器。继而，德国学者对田中的方法作了改进，使之适用于大量的其他分子。美国的学者也对他的方法表现出了极大的兴趣。正是因为这些学者在自己的论文中介绍了田中在 1987 年的原创性成果，才把田中带上了获取诺贝尔奖之路。

故事到了这里还没有结束。

就在田中发表论文的同一时间，德国的一个研究小组也在做着相同的研究工作。而且，德国的这个研究小组发表的论文比田中的论文要早一个多月。尽管如此，德国人在自己的论文中，明确表明他们的技术参考了田中的发明。这种对待科学的公正精神，受到了全世界的赞扬。

更有意思的事情在此之后继续出现。

面对接踵而至的声誉，田中显得十分谦虚。他说："我要权当没有得过诺贝尔奖，一如既往将热爱的研究工作继续下去。"同时，他谢绝了公司给他提供的重要职位，只是希望以一个高级研究员的身份继续他的研究。

这个故事给我们留下了很多意味深长的启示。

首先，科学家是一个以科学研究为职业的人，他们的工作是研究，而研究需要带着虔诚的心，对规律和真理进行探求，不是为了谋生，更不是为了完成某项"指标"。

其次，科学研究需要精神，需要虔诚对待科学的精神，需要虚心对待科学成果的所有者的精神。而后者，无须依靠所谓的规则，更不是依靠法律。

最后，科学研究发表的作用，在于将研究成果公布出去，在于互动交流，在于让世界知道这项成果的存在，在于让更多人在需要的时候发扬光大这项成果的价值。公布出去的方法多种多样，像上面的故事那样——在科学界，非常重要的研究成果，只是发表在小型学术会议上的事例，可谓比比皆是。

（二）三大检索

目前，在国内，凡是从事自然科学研究的人员，应该都知道所谓的三大检索（SCI、EI 和 ISTP）。因为，那是当前我国科学工作者在发表研究成果时孜孜以求的目标和梦想。

在国外学习和工作的时候，很少听说什么“三大检索”，大家只是埋头做自己的事情，在各种场合及时地发表自己的研究成果。只是当时在接待国内来访者的时候，才从他们那里知道国内是用“三大检索”作为指标来评价论文的水平。

在那种环境下，研究者整理自己研究业绩的时候，只是将发表过的论文分为刊物论文、会议论文、研究报告等。至于论文水平的“级别”，也只有该论文是否带审查之分。也就是说，论文在刊载的时候，是否经过编委审查。凡是在国外发表过论文的人都知道，论文的审查者对论文的审查是极其严格的，哪怕是一个标点符号都不会放过。而审查者对论文的审查意见篇幅超过论文本身篇幅的事情也不是什么新鲜事。

在国外，不同的刊物有不同的侧重，面向不同的读者。你的研究成果适合某一刊物，你投稿就是了，管他什么检索不检索呢。

回到国内后，发现国外通行的那一套不灵了。大概是因为有人认为国人远离科学研究太久，需要引导。于是，全国一致，几乎所有的科研机构、大学都要用“三大检索”作为衡量论文质量的指标。提高“三大检索”

的数量，也因此成为许许多多科学工作者和科研机构奋斗的目标。

于是，学者们都不得不屈服于所谓的“指标体系”。在这些“指标体系”的指挥下，科学研究者言必称“三大检索”“影响因子”“专利数量”等。在关心研究的同时，还必须关心自己的成果对所谓“指标体系”的反映，关心成果的种类及发表方式。久而久之，对“指标体系”的重视程度往往就超过研究成果本身了。

各种各样的“指标体系”在指挥，甚至在奴役着科学研究者。在这种情况下，要通过“指标体系”唤起人们对科学研究的信仰、敬畏和虔诚，简直是奢望。

一个人“带着镣铐跳舞”的情形是可想而知的。

科学研究者渐渐地只剩了对指标的屈服，而没有了对科学的虔诚。

失去了对科学起码的虔诚，人会做出什么？

（三）失落的声誉

古人云：“上有所好，下必甚焉。”

在“指标体系”的指挥下，一个人一年写出200多篇SCI检索的论文，申请了一大堆用不着保护也永远不会有人侵犯的专利等，诸如此类的事情层出不穷。所有这些忙碌，没有别的目的，就仅仅是为了满足那些“指标体系”上数字提升的需要，以及由此而来的对一系列荣誉和利益的谋求。科学研究者成了垃圾（说得好听一点，也顶多是科学垃圾）的制造者。而这些，却普遍被当作成绩来津津乐道。

国人似乎发表了更多的“三大检索”论文，获得了更多的专利（包括国际专利）。但是，与之同时发生的，是学术声誉的下降和科学品格的失落。

一位同事告诉我，前不久，在特拉维夫举办的一个国际学术会议上，会议主席公开说：“我们邀请中国人出席，完全是出于礼貌。因为，中国人从来不尊重同行的工作。”

那么，我们的声誉糟糕到了什么程度？下面有两类程度不同的坏消息。

稍好一点的坏消息：新科院士，很多都是现任官员。再看看各种奖项的报奖者和获奖者，大多也有行政职务。

更糟糕一点的坏消息：被揭露出来的学术舞弊案的涉事者，一直延伸到了现任大学校长、副校长、现任院士以及院士候选人。

失去了对科学的虔诚，只剩下对“指标”和“三大检索”的崇拜，我们的科学精神和科学研究将走向何方？

科学、教育之贵气的缺失
——高等教育的短板

2010 年 9 月 05 日

当今，中国的大学里发明了很多“考核”老师的办法。

比如，教师要晋升职务，需要考试。当年，我刚刚从国外回来，要晋升职务，也毫无例外地要参加外语考试。对此，我大惑不解：

● 我们不是有一套完整的教育制度吗？

● 我们在接受教育的过程中不是经历了完整的外语教育和考试吗？

● 现在还要考试，不是等于否定我们自己的学历教育中所包含的外语教育吗？

● 我们不是已经获得了国外的博士学位了吗？

● 我们在国外，用外语不是已经发表了很多文章了吗？

不行！说这些都没用，你必须有考试合格证书。倒不是我害怕外语考试，只是对这种自己打自己脸的自我否定制度感到不以为然。

言归正传，大学里“考核”教师的办法还有很多。

教师上岗要考计算机。殊不知，计算机应用就是一种基本技能，除了现代教育体系中已经有了足够的计算机教育之外，当事人生存的压力，也会迫使他不得不学习使用计算机，根本用不着考试。如果要考，类似计算机操作能力的现代技能多了，比如，手机的使用方法、驾驶汽车等等。难道这些都需要设科目考试吗?

还有，教师上课的时候，突然后面来了几位被学校请来监督你讲课的退休教师。其意义无非是：你们好好讲课，否则……

教师被各种考核指标束缚着，每年必须完成若干“工作量”，否则，你就连基本的岗位津贴都拿不到；每年你必须发表若干篇文章，否则你的科研成绩就不合格。诸如此类，不是一项两项。结果，弄得教师们不得不低三下四地四处“烧香拜佛”，寻求科研项目，寻找发论文的途径。

阿基米德曾经说过：“几何学里，没有王者之道。”这句话，道出了科学之不以人的意志为转移的规律，同时也道出了科学精神的高贵之气。

一个国家、一个民族，不能没有精神，不能没有独立自主的、在权力面前也高昂着头颅的科学精神。而大学教师，正是这种精神的载体。

而今天的种种管理办法，不要说有助于颐养大学教师的尊贵之气，有时甚至把大学教师当作小人来看待，实在和大学的应走之路南辕北辙。

如果我们把大学教师当作管理的对象，像防备小人一样，防着大学教师，压着大学老师，那么，就永远不要指望有一个高贵的大学之气，不要指望有一个独立的科学精神和大学精神，更不要指望他们对人类做出什么重大的贡献了。

不玩了

2010年9月9日

和同事一起外出，在车上说着说着，话题说到了科研成果报奖。

我突然想说：“我实在玩不起，不玩了。”但是，想了想，还是把话咽了下去。

前几天参加一项科研奖的评审，评审还没有开始，有些从来都未曾谋面的人物，就屈尊光临寒舍，各路说客也纷至沓来。也不知道他们从哪里搞到的“情报”。

评审结果也在意料之中：缺乏“竞争实力”的项目，纷纷败下阵来。

科研评奖，在科研项目之外，有时考验的还有申报者获取信息的能力和公关能力。

看到这些，深感在这方面自愧弗如。我是缺乏这些条件，但是，即使有这些条件，也不愿意用到这里，更不会为了这些而“鞠躬尽瘁”。因此，越发坚定了“不玩了”的决心。

今天的科研有时实在让人看不懂。许多莫名其妙的考核指标，让科研人员无所适从。为了满足所谓的科研指标，疲于奔命。比如我所在的这个学科领域，古今中外的学者极少有专利。但是，国内的同行学者，为了获取“专利”，不得不把所谓的“算法”拿去申报永远没有人侵犯、也永远不需保护的专利。为了这个专利，花费了本来根本不需要的时间，也花去了大量的费用。

因为不愿无意义地耗费这些时间、精力，我也就没有所谓的专利；因为玩不起，我也就没有那些“耀眼”的奖项。

不过，夜深人静的时候自己想想，觉得非常安心。

参加学术会议杂感

2010年11月18日

最近，学校召开了一个国际会议，所见所感，记录于此。

（一）被学术

会议的第二天，负责学生工作的同事对我说："又动员了一批学生去听会，第一批学生已经累了。"

同事的这番话，道出了当今国内学术会议的现状。

一般情况下，国内召开学术会议的参会者（准确地讲是投稿者）经常是目的明确——只要论文见之于纸面，其他都不重要。因此，经常是会议论文集很厚很厚，而会场则是冷冷清清，认真听会的更是寥寥无几。为了撑起所谓的场面，会议主办方经常会动员许多学生前来充数，此次的学术会议也一样。

前一段时间一个在美国搞学术的朋友对我说："我在别的地方讲学，听讲的人都积极主动，非常踊跃。但是，在你们这里，学生们都表现得没有兴趣，都巴不得我快点讲完。"

听到这样的肺腑之言，我感到非常惭愧，同时也在思考：为什么会是如此？

当今很盛行一个词——被。被就业，被高速，被潜规则……按照常理，在一个高级别的学术会议上，面对济济一堂的参会者，报告的主讲人应该是精神振奋、兴趣盎然，同时也会觉得很风光。殊不知那些被拉来充数的"壮丁"们，却烦躁不安、心神不宁，算是扎扎实实地"被学术"了一次。这种状态实在是令人悲哀。

这让我想起一件往事。

有一次参加日本的一个学术会议，会议即将召开，有一位投稿者却因为临时出国不能亲临会议宣读论文。而此时会议论文已经付梓，会议举办方无法从论文集中删除该论文。于是，会议责成那个当事者撰写了不能与会的说明和致歉信，随论文集一起刊发，以示对学术规则的尊重。

这件事说明日本的一个基本学术准则：在学会上投

稿后，论文撰写者亲临会场宣读论文是一种义务。

从我留学时所在学校的标准看来，不仅给会议投稿的人到会宣读论文是一种义务，出席有自己学术团队成员宣读论文的会场也是一种义务。恪守这种义务，既是对同行学术研究成果的尊重，也是对学术研究者人格的尊重。只要你在这个学术圈子里，就必须尊重这样的规则，履行自己的义务。如果真的明确了这些义务，还需要拉不相干也不感兴趣的学生来捧场吗？还有学生“被学术”的情形吗？

（二）学术质疑

除了学生“被学术”之外，很少有人对学术演讲者提问，甚至根本就没有提问环节，这是我们学术会议中的另一现象。

根据自己每次上课或者会议演讲的经验，尽管每次总要留一点时间给听讲者提问，却很少遇到提问者。

对此，我归结出了三方面的原因。第一，我们在各种学习和学术场合没有养成提问的习惯，常常只是一味地被动在听。第二，我们的教学和学术活动也很少给人提问的机会，甚至很多会议主持者就不喜欢有人提问。第三，学习者和与会者学术修炼不足，缺少学术积淀，面对演讲者提不出有深度的问题。

（三）症结

我们学术会议的这些现状，深刻反映出当今学者对学术的虔诚度、国内学术活动规则的完善度、学者们对学术规则的遵守度，以及学者们对学术的接受能力处在一个令人担忧的境况。缺乏对学术的虔诚、缺乏遵守学术规则的意识及对学术规则的遵守，必然会让人失去参与学术活动的自觉性。因此，对学术深感疲惫和麻木也在所难免。

孤独的登峰者

2011年9月27日

（一）孤独的登峰者

“你为什么要爬山？”有人问一位几乎征服了世界上所有高峰的登山家。

“因为它就在那里。”这位登山家回答。

因为山在那里，它便吸引了无数的以登山为乐的人。因为山在那里，也让很多人望而却步，绕着它前行。

人们生活在地球上，很多时候需要知道自己的位置，寻找自己前行的方向。

在人类社会，理想与真理，就犹如高悬于夜空的北极星，犹如极地的坐标，也犹如那高耸的山峰。而那些以探求真理、培养勇于追求真理的人为职业的人，就犹如那些奔向极地坐标的探险家、乐山喜水的登山家，会自动向着那个目标前行。

“因为它就在那里。”就是这些行为的全部理由。

那些以高山、极地为目标的人，比常人要孤独得多。他们或许有少许志同道合的人为伴，但很多时候都是一个人孤独地前行。

事实上，当一个人奋力前行到最孤独的时候，也正是他最靠近理想和目标的时候。

（二）在岸边

每一条河流，都有着极其微妙的生态系统，植物也是这样。有些植物根植于河流岸边，有些则是顺水漂流，逐水而居。

稍加留意，就不难发现那些逐水而居者，虽然总是显得顺风顺水、生机勃勃，但是同时也难以挺拔屹立、枝繁叶茂。

相比之下，那些深深地扎根在河水岸边的植物，虽然可能面临干涸或水涝，但是却可以郁郁葱葱，甚至长成参天大树。

大自然是如此的奇妙。

（三）科学，必须从术到道

如果有人问我：“近代人类社会最伟大的进步是什

么？”我会毫不犹豫地回答：“科学。”

可是，翻开人类的历史看看，就不难发现，和古老的宗教相比，科学是一个年轻的幼童。

科学的产生和确立，和宗教的发展一样，经历了太多的曲折和磨难。然而，在一批又一批科学巨匠的引领下，人们不仅克服了科学发现本身的障碍，也顶住了来自诸如宗教、社会陈腐观念以及政治利益等多方面的压力，逐渐形成了有别于其他领域的精神和价值——科学精神，实现了从“术”到“道”的飞跃。

著名历史学家陈寅恪曾经说过：“士之读书治学，盖将以脱心志于俗谛之桎梏，真理因得以发扬。”

科学的发展，不仅仅给我们人类留下了科学发现的成果——那些隐藏在我们日常世界背后的真理，也给人类树立起了一种生活的价值和意义。

公地的守望者

2011年9月27日

在经济学上，有一个名词叫公地悲剧。

所谓公地，是指具有多个拥有者的公共物品。由于每一个拥有者都从私利出发，追求个人利益的最大化，因此最终会导致公地资源的过度使用，进而导致资源枯竭。这个理论的基本结论是：由最大人数所共享的事物，却只得到最少的照顾。

此项理论的倡导者加勒特·哈丁（Garret Hardin）试图通过一个牧羊人与牧场资源的例子解释他的论点：牧羊人会选择极大化他的牧场，并且尽可能地扩大他的羊群。其结果，就是牧场过度使用，导致草场的退化。他的理论，已经在诸如大气、海洋、水污染等方面一再得到证实。

有个发生在中国的故事很耐人寻味：

牧民们一觉醒来，发现自己的羊群被狼咬死了很多，悲痛、愤怒不已。于是，人们开始追问：为什么狼会来吃羊？

人们仔细分析后发现了其中的原因：草原上的狼，本来是以野生动物，比如黄羊为主要食物。这些年，由于人口的增加和产能需求的扩大，使得牧民占据了几乎所有的公共草场。没有了公共草场，黄羊之类的野生动物就失去了生存空间。于是，黄羊数量急剧减少，几近于无。没有了黄羊，狼失去了食物来源，它们就盯上了牧民的羊。

站在这个理论的视野下，让我们看看全球科学界近年发生了什么：

● 2005 年，韩国科学家黄禹锡因学术造假被告发。2009 年，经韩国法院裁定，其侵吞政府研究经费、非法买卖卵子罪成立，被判 2 年有期徒刑，缓刑 3 年。

● 2006 年，上海交大微电子学院院长陈进因“中国芯”造假，被撤销“长江学者”称号，取消其享受政府特殊津贴的资格，追缴相应拨款。

● 2006 年，日本东京大学教授多比良多篇论文中提到的实验“无法重复”，多比良及其助手被认定造假，并被大学开除。

●2010 年，西安交大教授李连生因严重学术不端行为，被撤销其教授职务，并解除其教师聘用合同。

●2011 年，德国国防部长古滕贝格因博士论文中大量引用他人文章，而未注明出处，存在严重抄袭现象，在柏林发表声明，宣布辞去国防部长职务。

而这期间，在国内科学界发生的大大小小事情，远远不止这些。就在最近，又有一位中国的“著名科学家”被另外一位著名科学家推上了关乎学术诚信的被告席。

2010 年 1 月 14 日，《自然》杂志网站刊登评论文章——Publishor or Perishin China（中国科研，不发表即灭亡），对中国的科研造假现象进行了非常严肃的评述。看看这篇文章后面读者的评论，就知道我们的学术界在世界上是一个怎样的形象。

在前不久一场名为“何为理想大学”的中德学者论坛上，中国人民大学张鸣教授一针见血地指出：“中国的大学，正在非常迅速的发展中迷失自己，丢掉了苏式的学院，也没有得到美式的大学，仅仅沦落为一个为利益集团牟利的场所，一种官办垄断市场里的学店。”显然，这种“迷失”，不是大学里大楼的迷失，也不是大学科研仪器设备的迷失，而是人的迷失。

如果说当年哈丁的公地悲剧所论及的是经济领域公地被弃守的话，上述事实说明，今天，在科学界、科技界也出现了相当程度的职业道德公地被弃守的现象。如果科学家都失去了职业道德的底线，这个社会还有秩序可言吗？

为了自家的羊不被狼吃掉，我们必须坚守公地，为了修复中国学术界的声誉，每一个学者，都应该坚守道德的公地。

大师、校训

2010 年 12 月 10 日

（一）大师

前几天，有“一代大师”之誉的人物去世了，在围绕他的诸多讨论中有一个振聋发聩的问题——钱学森之问：“为什么我们的学校总是培养不出杰出人才？”

这个问题让教育家们陷入沉思。

大学本来就是培养人的地方，是让每个受教育者都得到自我发展的地方。没有哪一所大学不希望自己的学生能够成为大师的。但是，事实上成为大师的人却是少之又少。

大师，作为所有受教育者中的一员，就是能够在闻道后，沿着自己追求的“道”孤独前行，并最终“以身殉道”，以自己独到的思想和建树，构筑起人类文明发展历程上的一个标尺、一个里程碑。

佛家有句话——人人皆有佛性。任何人，只要你能保持对“道”的执着，敢于为探求真理而孤独前行，你就可能成为大师。

（二）校训

大大小小的学校都有或者都曾殚精竭虑地确立自己的校训。有人从字面意义上对中国大学的校训做过统计分析，结果非常不乐观。但是我以为不乐观的还不仅在于字面意义，而在于一个学校对自己校训的实施和践行。

校训，不仅仅是写在纸面、被校友反复吟诵的格言佳句，更应该是一批又一批的精神守护者——老师和校友，追求崇高理想与精神境界的信条。校训的确立，需要一批又一批为之奋斗的实践者、行动者。

现实当中，在充满了利益和诱惑的社会里，甘愿、能够追求理想与精神的人，值得为人尊敬。

“别那么认真”

2010 年 12 月 24 日

前几天，参加了一所大学（A 大学）的博士学位论文答辩会。一位老师，带着一串爽朗的笑声来到会议室，落座在会议桌旁。后来听说这位老师是该校行政机关的一位干部。

会议按照程序进行，当评审教授们提问时，这位老师发话了：“别那么认真，随便说说就行了。”答辩途中，这位老师也不止一次地重复这句话。

这让我想起此前参加的另外一所国内著名大学（B 大学）的博士学位论文答辩会。这所大学规定：必须有交叉学科的一位学位分委员会成员参加答辩会。就在那次答辩中，由于答辩人没有按照该校的规定，向评委老师提交修改后的博士论文，这位学位分委员会成员发话了："那不行，你没有按规定提交论文，严格地讲，你的答辩无效。"这位老师的话一出，会场气氛立刻紧张起来，答辩人更是不知所措。

在博士论文答辩的严肃程度上，A 大学和 B 大学形成了鲜明相比。从某种意义上说，这代表了当今相当一部分学者对待学术、对待制度、对待学生的态度。没有了对科学的严肃和虔诚，松懈了对制度的坚守，后果会如何，令人深思。

联想到答辩学生艰苦的研究过程，精心准备的答辩换来的是老师的"别那么认真"的态度，学生的心情该会如何？还有那么多旁听答辩的学生，当他们听到老师反复说"别那么认真"后，会做何感想？

“有事找我”

2010年8月31日

学生毕业答辩结束了。

有老师问其中的一个学生（此生被普遍认为是最优秀的学生）：“你的工作定在哪里了？”

学生答道：“我去 ×× 部门了，有事找我！”

声音干脆有力，在场的几个老师面面相觑。之后，会心地笑了，有的还笑出了声。学生那无邪的脸上，也绽放出了笑容。

只是，此笑容和彼笑容有所不同。

本来，学生尊重老师，希望报答老师的恩情，这种心情无可厚非。只是众老师从学生那豪爽甚至是充满了侠肝义胆的话语中，听出了其他的味道。

这不禁让我想起了小说《小姨多鹤》中的一个情节：

大孩巴结上了革委会主任小彭以后，回到家，高高地抬起脚，当胸踹向他那被视为是日本特务的生母——多鹤。

如果说听到学生的“有事找我”时，内心是一种酸楚的话，那么，看到小说中的那个情节时，我的内心则是在流血。两个年轻人的行为不同，动机不同，但是，从他们的话语和行为中所反映出的价值观，却有着惊人的相似之处。

有人说过，世界上只有两种人希望别人比他更好，一种是父母，希望自己的孩子比自己更好；另一种是老师，希望自己的学生比自己更好。

然而，“有事找我”这句话潜藏着太多的意思，蕴含了太多让人五味杂陈的东西。

如果我们因为学生知道“报答”老师，就沾沾自喜的话，那就大错特错了。

不可拒绝的请求

2010 年 10 月 7 日

“× 老师！”下班后，在办公室的走廊里，我被一个声音叫住了。

“是他吗？”一看见那个陌生的面孔，我一下子就判断出是他。因为，在此前的邮件里，他说过要来学校当面向我道歉。

“我是 Z。老师，我是专程来向您道歉的。”

就是这个年轻人，在给我的求学邮件里，竟然没有附上个人简历，且把我的名字错称为另外一位老师的名字，而在我指出他的错误后，在后面给我的邮件里仍然没有任何道歉的文字。

鉴于此，当时我毫不客气地拒绝了他的请求，并以建议的口吻，再次指出他以后应该改正上述错误。

看到我的拒绝信后，这个年轻人幡然悔悟，给我回复了一封长长的信，并诚恳地说到，为了不影响师弟师妹们的求学，要立刻来这里当面向我道歉。

此刻，这个看上去身材瘦小、满脸质朴的年轻人，就站在我的面前。

我停下脚步，和这个年轻人交谈起来。他操着带有浓重西北口音的普通话，怯生生地回答着我的问题，也讲述着他自己。

谈话中得知，这个年轻人来自西北农村，家境贫寒。在京城的重点大学读书期间，不可避免地遭受了一些价值观的冲击。或许是由于出身贫寒，或许是由于个人自卑，他只有两个老乡朋友。他说他们之间相互影响，除了读书之外，再没有更好的打发时间的方法。自从进入大学以来，他已经读了一百多本书，同时通过和喜欢读书的老乡朋友交流，在许多问题上有了比同龄人更深刻的认识。目前，他对哲学产生了浓厚的兴趣。

没有慷慨陈词，没有侃侃而谈，吞吞吐吐的话语，倒是清晰地讲述出了他自己的生活、近况以及追求。

“老师，有一件事情，我必须告诉您。”

谈话临近结束的时候，他告诉我，他已经报名参加了扶贫支教工作，目前尚不知道能否被录取。因为，他觉得他缺乏竞争力。

"如果我被批准参加西部支教，即使您答应接受我作为免试推荐研究生，我也会放弃，而选择去参加支教。因为，我是西部农村出来的，我觉得三尺讲台就是我的归宿。"

听到这些，年轻人那瘦削的身躯在我面前突然高大起来。

"我支持你！我认为那是一项非常有意义的事情，对你个人的历练和成长，对西部农村的教育，都有好处。"

我一向重视团队的精神建设，每一届学生中间，都有可以反映团队精神的感人事迹。面前的这个年轻人，让我想到很多。今天的大学生，在校期间能读一百多本业余书籍的简直是凤毛麟角。同时，这个年轻人能够有以天下为己任的理想和愿望，有心反哺自己的家乡教育，其精神实在是难能可贵。这样的学生，我能拒绝他吗？

看着他背着双肩背包的身影，逐渐消失在我的视线里，我在原地站了很久。

年轻人，一路走好！

第三篇

历史又开了一个玩笑

我们这一代人，几乎都是“文革”开始的那一年前后开始上学，“文革”结束前后高中毕业，并在恢复高考后第一、二批考入大学。

人生就是如此无常，命运就是如此难以捉摸。但有一点可以断定，那就是生活在中国，个人命运和国家命运的联系一直是如此紧密。

超越时空的一致

2011年7月16日

吃饭时和同单位的同事老H比邻而坐，一边吃饭，一边有一搭无一搭地说着话。

“你明年还来不来？”操着浓重地方口音的老H突然提了一个奇怪的问题。

第一次参加国家的这个重要评审会。开会前一个多星期，会议主办单位的人给我打电话，问我是否有时间参加这个会议。当时感觉这个会议重要，于是就推掉了本单位的会议接受了这个邀请。在我看来，这个会议和其他会议一样，充满了随机性。明年的事情，此时如何说得清？

“我是第一次参加这个会议，不知道明年还来不来。”我如实回答道。

“哦，看来你是特邀的那一种，就像我们组的×××。”老H接着我的话道。

“我不知道。”

“基金委两年聘任一次评委，每届任期3年。你应该是那种特邀的。”

原来如此，听了老H的话，我似乎明白了一点。

“我是连续四年都参加这个会议了。”那浓重的地方口音流露出自豪的意味。

我终于明白了老H一开始问那个问题的目的了，他是想告诉我，我们之间不同，他是固定的评委，而我是随机的，就好像他是“正规军”，我是“游击队”。

“老P是08年参加了一次，以后就再没有参加了。”浓重的地方口音又补充了一句。他提到的那个老P，是我校一位非常著名的教师，获得过包括国家级教学名师在内的诸多荣誉头衔。

看来，老H不仅找到了和我的不同，而且也找到了和P老师的不同。

此时，我突然想起前不久在美国的一段经历。

那时候，我和同事在谈论一位曾经为我们服务的导游，在一旁的一位移民美国（有身份）的导游突然插嘴道：“他有没有身份啊？”

“有身份”，是拥有美国绿卡或者已成为美国公民的意思。对于一个梦想着移民美国的人来说，那无疑意味着一种荣耀。

显然，这位“有身份”的华人导游，不仅为自己拥有“身份”而自豪，并且假设或者至少是质疑那一位生活在美国的华人导游是没有身份的人。作为两个彼此之间毫不相干的人，不知道他想从这种假设和自豪中显示什么。

联系这两件事，忽然感到，无论是在美国经历的导游事件，还是此时的这个评委事件，虽然有着极大的时空差异，却似乎在某一点上达成了一致。

这种一致究竟意味着什么?

祝福，祝福他们永远生活在自己的那份快乐当中。

当一个人精神和人格空空荡荡

2011年9月9日

身边发生过这样的一些事：

一所大学校庆期间，一位校友发现自己的名字没有出现在校庆大会主席台上就座的人员名单里，当即勃然大怒，丢下学校的宴请，“一声呼哨”，带着他同乡的同学离席而去。随即，场外一下子来了三辆名车，把这位校友和他的一群小兄弟（另外的一些校友）接走了。

一个学者已经离开了大学做了行政官员，却依旧向原来所在的那个大学提出要兼任其行政职务，并且依旧要占据学术界的各种位置。

一位社会地位和年龄都到了一定阶段的人，却向他的熟人提出要求：能否帮助我写几篇论文，我要提职称

（或弄一张文凭）。

凡此种种，屡见不鲜。

每个人都有自己的梦想，每个人也都应该敢于去实现自己的梦想，这本无可厚非。可是，我们当下社会一个很有意思的现象是：一些怀揣着梦想的人，不是以自己扎扎实实的努力亲力亲为地去实现梦想，而是不惜以各种手段去寻求实现梦想的捷径——歪门邪道。

于是，我们看到今天的一些人，没有他不敢想的目标，没有他不敢做的事情，没有他不敢突破的底线。

也因此，上述三位"好汉"才会出现在我们的视野里，或者是向着自己的母校、自己的老师们抖抖威风；或者是吃着碗里的，看着锅里的；或者是公开索要论文，甚至出价买论文。

向母校抖威风也好，吃着碗里的看着锅里的也好，找人弄文章也罢，说到底，都是因为太贪婪，因为有太多的非分之想，以至于利令智昏，无所不为。

本来是校友，却非要往嘉宾席上混；本来是政客，却非要给自己贴上学者的标签；本来已经有位置的人，还一定要弄一些名不副实的职称（文凭）。

何必如此！

有时候，看似权力可以让一些人实现自己的欲望，看似没有什么障碍可以阻碍一些人去实现自己非分的梦想，却不知他们在实现那些欲望和梦想的时候，早已丢失了自己，让自己的精神和人格变得空空荡荡。

当一个人的精神和人格空空荡荡的时候，他真的能在天地间站立吗？

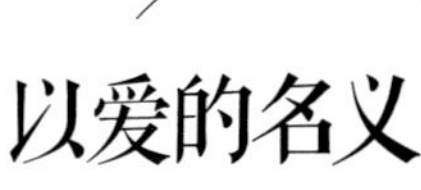

以爱的名义

2011年1月26日

几乎所有的母亲都挚爱自己的子女，甚至可以不惜生命呵护自己的孩子。然而，在爱的名义下，我们看到了这样的故事。

第一次是在照片上见到那个小姑娘——娟娟。

照片上的娟娟，端庄大方，清秀美丽，俨然一个大家闺秀。可是，和照片相比，现实中娟娟的笑容，却有了许多中年妇女的成熟。毕竟，她已是三十多岁的人了。

娟娟是和她父母一起来的。

娟娟爸爸脸上的皱纹和古铜色彩，可以告诉人们他是一个怎样活着的人。常年从事一线工作，走南闯北。他坦率、热情，主动寻找着各种话题。勤奋、朴实、机敏，是他给人留下的深刻印象。

娟娟的妈妈温和持重，说话带着浓重的地方口音，长相、衣装以及言谈举止都带着浓浓的持家女人的味道。由于爸爸工作忙，无暇家务，所有的内政大权都由娟娟妈妈掌握，言谈中，娟娟妈妈会不时夹杂对丈夫实为赞许的“抱怨”。

娟娟妈妈对女儿渗透到生活细节的呵护，是毫不掩饰的。在她看来，无论是对女儿还是对外人，那些爱都是无须掩饰的。当然，最终娟娟也没有能够逃脱乖乖女的命运。

在娟娟大学期间，爸爸不许她谈恋爱。在娟娟出国读研究生期间，爸妈也怕她找外国人。回国工作后圈子太小，如此等等。娟娟的终身大事被一拖再拖。

曾经受托帮娟娟介绍过对象，那是几年前的事情了。记得当时，娟娟爸爸很快就给我打过来一个电话，说一定要托人了解一下男方的背景。听到这样的话，我就想——娟娟不会自己当面了解吗？男方如果知道你在私下调查，他会怎么想？

此次会面，娟娟私下里对找对象这件事表示：“我就想一个人生活。”

过了年，娟娟的爸爸要改换工作部门，这样他们一家三口就可以住到一起了，也因此，娟娟爸爸妈妈的那颗“爱心”似乎又可以放下一些了。只是，感觉娟娟的婚事，越来越远。

历史又开了一个玩笑

2011年2月28日

不时有定居在海外的同学回来。

每次遇到有同学从海外归来，大家总要欢聚一堂，“把酒话桑麻”。随着时间的推移，当年意气风发的留学生都变成了两鬓斑白、“知天命”的中年人。同学之间的话题，也从当年的机会和选择，变成了儿女求学、工作及找对象之类的生活琐事。

细细观察，海外同学的身上，多保留着当年的质朴和平淡。相比之下，国内同学的身上，则是多了一些自信和豪放。尽管幸福不能简单地用物质来衡量，但是，相比之下，生活在国内的这些人，似乎在物质上有了更大的自由度，在社会地位上也有着更大的满意度。这在深受中国传统等级观念影响的国人中间，后者，似乎更容易受人羡慕。

我们这一代人，几乎都是“文革”开始的那一年前后开始上学，“文革”结束前后高中毕业，并在恢复高考后第一、二批考入大学。在那个年代，留学海外，简直如同做梦一样。只有最优秀的和运气最好的人，才有机会出国留学。

俗话说：“是金子到哪里都会发光。”正是这批最优秀学生的出国留学行动，才使得他们中间的相当一部分人能够在海外站稳脚跟，留在海外，成为新一代移民。当然，也有很多优秀分子选择了回国。

国内快速的经济发展，给这段时间留在国内工作和海外归国的人提供了宝贵的发展机会。十多年过去，同一批留学同学之间，就出现了上述那样的差别。

人生就是如此无常，命运就是如此难以捉摸。但有一点可以断定，那就是生活在中国，个人命运和国家命运的联系一直是如此紧密。

电梯内外

2011年2月28日

电梯，是现代生活里的一个公共空间，人们总是会在那里相遇，或有约在先，或不期而遇。电梯的狭小，能让你和一个人如此接近，不管你愿意还是不愿意。

电梯，造就了现代人的相遇和等待。

（一）等待

有时候一个人从你身边匆匆挤过去，划过你，超越你。然而，当你到电梯口等待电梯的时候，会突然发现这个人也在那里等待电梯，最后和你一起搭乘电梯离去。刚才还行色匆匆超过了你，在这一刻都化为乌有。他，其实并没有超越你，依然和你同步。

现代生活中，有太多的等待——等待绿灯放行、等待电梯、等待他人从公共厕所里出来……这些等待消耗掉了人们试图节约的时间。

这些等待，有时会给迟到、被超越的人一点点安慰，同时，它也告诉我们自己：等待，是人生中的一种必然。很多时候，急急匆匆的超越行为，实际上毫无意义。

等待，不仅是一种现象、一种规则，更是一种心态、一种素质。人们必须等待，必须学会等待。

（二）遭遇与邂逅

电梯里你经常会遭遇一些人。

生活中，经常会遇到你不希望见到、不希望和他交谈的人。当你远远地发现那个人就在你前面时，你会主动拉开距离。然而，有时候到了电梯口，你可能再次发现那个人近在咫尺，和你一样在等电梯。这时候，刻意地回避，只能让彼此感到不自然。于是，你不得不和他一起在电梯里忍受那难熬的时光。

这时候你会做什么？若无其事地看一下手表，还是翻动你手里的资料和书籍？

电梯里也有美丽的邂逅，一个温雅的美女，一个久别的知己，一个向你微笑的老人。狭小的空间，可以让一场邂逅给你留下长久的甜蜜。

（三）机场的电梯里

机场的上行电梯在 1 层停了下来。

上来了一个推着行李车、四五十岁的男人（A）和几个拉着拉杆箱的人。狭小的电梯立即显得十分拥挤。

这时，另外一个推着行李车、四十多岁的男子（B）将行李车跨在电梯和走廊之间，使得电梯门无法关闭。B 用焦急的口吻，要求已经在电梯里的那个行李车调整一下位置，以便让他进来，他的举动侵扰了一位拉着拉杆箱的、年龄在三四十岁的女士，并引起了这位女士的不满。

说实在的，站在电梯一个角落里的我，看到这种情形，感觉那个行李车要上来实在有些勉强，因为此前电梯已经很拥挤了。看到 B 执着的劲头，电梯里的一个男子向 A 交代了几句，就下了电梯，而其他人则是挤了又挤，才得以让 B 和行李车上了电梯。B 身边的一个男子，也是急匆匆地向 B 交代了几句，转身离开了。电梯关上门继续上行。

从 A、B 的态度及他们和身边的人的言谈中，你能明显感觉到他们那种不由自主的急迫，仿佛错过这班电梯，就会面临灭顶之灾一般。

到达 2 层时，电梯门打开了，奇怪的事情又发生了：A 和 B 都不急于下电梯，而是侧身给我们让路。

原来，他们都是下行方向，却提前乘上了上行电梯。

下了电梯，刚才被碰到的那位女士狠狠地骂道："素质真差，这些外地人！"

无论是从这些人的年龄或是身份来看，他们都像是我们这个国家的中坚分子。按理说，他们的行为和举止应该代表着咱们国家当代人应有的精神、文化和基本素养。

电梯里的这两个男人和那个女人对"外地人"赤裸裸的歧视性语言，令人汗颜。

打到台湾去

2011年2月10日

如果是在早些年，这样的口号，可以算得上是无法实现的豪言壮语了。今天，这个口号却被一群以游客身份登上台湾岛的“陆客”变成了现实。

据媒体报道，一群来自福建的游客和一群来自安徽的游客，在台湾阿里山乘坐小火车的时候，不排队、相互争抢，最终大打出手。本来高高兴兴的旅行被扫了兴不说，还有人“披红挂彩”——一个游客的一根小拇指险些被咬断。而且，据说这是4天里第二次“陆客”间的群殴。

没有想到咱们“打到台湾去”的理想在这口号提出的60多年后真的实现了。只是此役留下的不是胜利，而是大陆人的脸面。

对于“陆客”的种种行为，台湾媒体称：因为“陆客”没有排队的习惯，今后要增派人员加强指导云云。听上去还算客气。

但“没有排队的习惯”这句既真实又中肯的评价，听上去还是有些刺耳。对于一个大国来说，号称来自世界强国、文明古国的民众竟然连排队都不会，终究是一件很没有面子的事情。“没有排队的习惯”，说到底是缺乏应有的公共秩序意识。而针对国人“没有排队的习惯”这一问题，也不是仅仅把责任推给旅行社就可以说得过去的。

我们真该好好反思并采取行动了。不是为了出门旅游不丢脸，而是为了民族素质的整体提高。

在我们那里不可想象

2011年4月15日

欢迎一个由台湾几个大学教师组成的代表团的宴会，是在一个非常豪华的酒店举行的。当台湾同行听到同样是教师的我们中的一位领导不无夸耀地说“这座豪华酒店属于一所大学”时，他们其中的一个悄声道：“这在台湾是不可想象的。”

看似平淡的一句感叹，蕴含了他们内心掩饰不住的惊讶——这件事在他们看来是多么不可思议！

在很多国家（地区）的社会逻辑中，政府把纳税人的钱给了大学，是为了让大学办教育，不是让大学去办产业、搞经营。大学拿着政府的经费，去搞如此豪华酒店经营类的非教育性建设，一定会遭到民众的质疑。

如果一个商人夸耀自己如何富有，倒也不足为奇，而一个学者去炫耀自己的学校酒店如何富丽堂皇，实在是让人汗颜。

无独有偶。前一段时间看到一则报道：一个日本捐助代表团在安徽贫困地区考察时，意外地发现了豪华的政府办公楼。于是，他们立即由同情转为惊讶，再继而变成了愤怒："既然有钱修筑政府办公楼，为何没钱办教育？"随之，他们要求我们退还他们捐助的教育资金。

看到这些，不禁让人想到这些问题产生的文化背景，也让人想到与之息息相关的教育。不能超越低俗趣味的价值观教育，只能把人塑造成一个又一个俗不可耐的畸形者，从而消散在转瞬即逝的物质欲望烟火里，留不下任何人类追求真善美本真的痕迹。

灿烂的微笑

2011年5月30日

看美国人的标准照，会发现很多方面和我们不同。

除了那些照片的背景、服装及色彩等不同之外，最大的不同当是笑容了，无论是个人标准照，或是全家福。

和国人照片上略显呆滞的表情（至少我是如此）相比，美国人照片上的笑容是如此灿烂，就像林徽因笔下描述的人间四月天。

记得有一次翻看大陆和台湾女企业家的合影照片时，一眼就能看出其中一人来自大陆。因为，照片上她的神态和表情是那样呆滞和僵硬。再看照片下面的说明时，果然。

相由心生。人的表情、体态是日常生活和心态的缩影。

希望看到国人标准照上更多的灿烂的笑容。

餐厅的一杯清水

2010年2月3日

在国外的许多餐厅（麦当劳之类的快餐厅除外），只要你坐下，店家就会主动给你送上一杯清水。

此外，餐厅的工作人员甚至是老板，总是在店外面，随时准备结识每一位客人，保持和客人的沟通。他们更会根据不同客人的特点，安排客人的座位，就是为了让客人感受到回家一般的温暖。

一杯清水，其实反映了很多问题。

在国内的一些餐厅就餐时，你会发现，首先不知道老板（娘）长什么模样。其次，很多餐厅取消了免费茶水的服务。如果想喝水，对不起，没有免费的茶水。随后，在你的面前摆上一套“消毒餐具”。但是，还是对不起，这套餐具（甚至包括餐巾纸）是需要另外付费的。

如此算下来，到餐厅消费的客人，大概对每一项服务都需要另付费用。餐厅经营者的手法之“高明”令人瞠目结舌。面对如此“厚遇”，客人会想些什么?

这些现象的结果，大概那些恶名昭彰的国内旅游景点餐厅的经营者最有体会了。每一位游客千方百计地避开在旅游景点用餐，都是在用行动表明一种态度。

是不是一杯清水就会使餐厅破产?

难道经营就是不惜一切代价地攫取客人腰包里的钱?

是否餐厅的经营者只有数到更多的钞票才是幸福?

小鸟小鸟你不许叫

2011年6月11日

报载，今年高考期间，“重庆某官员要求驱鸟避免影响高考”。

“咱们的孩子要高考，小鸟小鸟，你不许叫！”一年一度的高考被弄到了如此地步，真有点匪夷所思。

此报道一出，引起舆论一片哗然，网上跟帖热议者达6000多人。

“小鸟，你不许叫！”从一声断喝中，人们听到了什么?

首先，让俺听到了雄霸一切的豪气。不知从何时起，有人学会了充分运用人的“智慧”和“豪气”，向大自然激昂地踏去。

其次，让俺看到了滥用权力的可疑行为。高考期间，全国如临大敌，堂而皇之地动用巨大的公共资源，进行所谓的护考活动，一切都以高考的名义，妥否？

最后，让俺看到了高考这个制度仍存在的问题。高考，寄托了太多人的希望，考生背负了太多的责任。舆论、社会、家庭和政府被它绑架，也就顺理成章。

无论如何，在二十一世纪，为了一个高考，竟然弄出了“小鸟，你不许叫”这类骇人听闻的笑话，真为它的提出者汗颜。

我们生活中那些灰色的点和面

2010年2月3日

“软肋”一词有多种意思，除了医学上的意义之外，在日常生活中，多用来形容人或事的薄弱环节。

任何一种文化，都有其“软肋”，中华文化也不例外。有很多栩栩如生的画面或片段，能让我们深切感受到日常生活中那些灰色的点和面。

（一）令人心酸的幽默笑话

在那贫困艰难的岁月里，一个经济特别落后的地方流行着这样一个笑话。

一个家里来客人了，主人会对客人说：

“还是不抽烟？”

“又是吃了饭来的？”

显然，贫困的主人家为了节省招待资费，反攻为守，先发制人。这样一来，如果客人有些自尊的话，当然不会吸主人家的烟，也不会留下来等着吃主人家的饭了。主人家的这些“智慧”，实在是令人叫绝。

可是擦干了眼角的笑泪之余，静下来想想，如果不是主人家贫穷到极点，如果没有令主人家不堪忍受的不速之客（诸如“吃大户”之类的人），恐怕就无须用到上面的那些“智慧”了。

无独有偶，在日本也有一则挖苦日本某地人的笑话。因为在日本人的认知中，那的人吝啬是出了名的。

这个笑话说日本某地的人家里来了客人，主人想送客的时候，会出现如下一段对白。

男主人：“老婆，今天我们请客人吃什么？”

女主人：“哎呀，只有泡米饭了。”

客人听闻，会立即说：“不，不。我马上该走了。”

（二）“老同学”的电话

有时候会突然接到一个陌生的电话。

一个南方口音的男人在那边抱怨道：“你怎么连老同学的声音都听不出来了？”

实际上这是一通诈骗电话。

很多接电话的人都碍于情面，不好意思追问对方的姓名，直至上当受骗。我就“有幸”接到过两次这类电话。不过，由于事先知道这类电话的欺骗性，结果是以骗子自讨无趣而告终。

（三）“收礼就收 ×××”

一则铺天盖地的广告，让国人知道了那个东西是用来送礼的。看到这则广告，不得不为该产品的商家深谙中华文化的“软肋”所在而折服。

显然，该产品的生产厂家看准了中华文化的“软肋”，不遗余力地对其发起了疯狂的进攻。以至于人们都不知道那个东西本来是什么，其功效是什么。

日常生活中那些灰色的点和面，都体现出了文化的瑕疵和弊端。那些“软肋”，犹如文化上的伤口，有些可以自愈，有些则危及文化的肌体本身，使得很多人被别有用心之人所利用。

一个健康的文化，应该是有自净能力、自愈能力的文化，应该能够逐渐减少和消除文化肌体上的这些创口，让国民成为文化精华的受益者，而不是文化软肋的受害者。

发现缺失的东西
——读《飞行酿酒师》有感

2011年7月27日

闲来顺手抄起一本杂志，铁凝的新作《飞行酿酒师》映入眼底。

在不由自主一口气把它读完的时候，一下子沉浸在它那浓淳深刻的余韵之中，久久不能平静。

主人公无名氏终于跨入了“断不能划归穷人”的阶层。但是，和很多有了钱的人一样，文化，并没有像财富一样及时跟进他。他的精神和心灵世界，依然是一片望不见边的荒原。有什么东西既可以显示自己的财富，又能表现自己的文化？大约是经过了一番寻思之后，无名氏选择了葡萄酒。酒庄、酒窖可以储存自己的财富，品酒、论酒可以彰显自己的文化。可问题是尽管酒庄、酒窖都可以很快弄到，但如何才能更快地让自己成为有文化的人呢？

“会长”从大学时代就表现出了一种特殊的才能——亲和力，三教九流、各色人等他都可以很快地搞定。于是，他此时又不失时机地帮他这位“断不能划归穷人”的学弟找到了一位酿酒师——飞行酿酒师。

酿酒师登场了。这位三年之内往库尔勒飞行了100多次的酿酒师，在应邀会见无名氏的过程中，不仅无暇介绍酿酒之绝技，更是连酿酒的原料也只字不提。只是用一瓶没有标签的、“自制的”葡萄酒证明了一下自己的技术。除此之外，就只有喋喋不休地推销他的酒庄（房地产）和旅游项目了。

当他推销房地产的目的没有达到时，就露出了真面目——除去了伪装的斯文不说，竟然还操起小人的伎俩——恶狠狠地在无名氏的名车车身上划了一道。

最后，倒是另外一位略有一技之长的小人物——小厮，一语道破了酿酒师“自制的”葡萄酒的玄机——那是一瓶真正上好的名牌佳酿。

故事的情节并不复杂，人物也不多。但是，寓意深刻，让人回味无穷。

文化的断层，让当今很多“断不能划归穷人”阶层的人意识到了自己的缺失。抱着对文化（实际上可能是虚荣）的渴望，对西方文明的好奇或向往，无名氏开始模仿起西方人，品葡萄酒，吃奶酪。这些怪异行为，其实有着深刻的时代背景。毕竟，这种拿来主义的模仿比较容易，也很容易被缺乏文化底蕴又崇洋媚外的人士高看一眼。

无名氏努力了。

记得很多年前一次乘火车，上面有几个人推销一种据说是性能非常好的袜子。推销者用针扎、用火烧那袜子，试图证明它是多么耐用。实际上这种障眼法很容易识破：袜子的性能，本应该是耐磨耐穿，而这些人就是不告诉你，他们手里的袜子是多么耐磨耐穿。

酿酒师也告诉了无名氏很多关于酒庄的事情，包括他三年里飞去 100 多次。但是，就是不告诉你酿酒和原料的秘诀。相比之下，火车上推销袜子的人和酿酒师并没有什么本质不同，酿酒师的骗术并没有高出其他骗子。只是，和江湖上的骗子不同，他贴着“师”的外衣，身边有“会长”这种人伴随着他，来佐证他的身份和地位。

我们也可以善良地认为酿酒师的确身怀酿酒绝技，只是没想说出来。即便如此，身怀绝技的人，不靠技术吃饭，而是热衷于推销房地产，这件事本身就从一个侧面说明了当时社会的价值取向。技术人员不务正业，只关心附属其后的利益的大小，其结果将是带给这个社会更加深刻的危机。从这个意义上说，酿酒师的行为也给我们的“技术创新”敲响了警钟。

“会长”的人格无疑是从大学时代就开始形成了。在这场没有成交的生意中，“会长”扮演了一个掮客的角色。这种文化和交易上的掮客，有他们人生壮志未酬的无奈，也有试图仰仗他人发达的觊觎。“会长”的所作所为，或许是因为无名氏是他的学弟，或许是因为不清楚酿酒师的为人，但是，他和酿酒师之间的利益关系，又有谁能说得清呢？

小斯是一个十足的小人物，有在法国打工的经历，怀有一技之长。他在揭露酿酒师的骗局，享用无名氏提供的美食，并告诉他自己曾经也这么干过的时候，并没有回答无名氏任何关于葡萄酒的问题，且毫无愧色地说：“您是不是觉得您有钱有闲就可以把一个大活人扣在这没完没了地陪您？”

至此，如果我是无名氏，我会觉得彻底掉入了冰窖。不是为了那顿美餐的破费，而是为了那个几乎可以无须掩饰无耻、可以只要考虑金钱的世界。

读完《飞行酿酒师》，我想起了当年以王朔的作品为代表的痞子文学。和那些小说中的人物相比，无名氏这种当年的痞子们发达了。但是，这距离他们找到真正的文化，并以此为根本而牢牢扎在大地上，似乎还很遥远。

期待温情

2011年7月7日

（一）温情的镜子

在很多国家旅行，都会感受到社会充满温情的一面。

那些见到你就毫无顾忌走到你跟前的野生动物，那些洋溢着灿烂笑容的市民，那些急你之所急的工作人员，都能让你感受到人与人、人与自然之间的温情。

即使是法律，也有充满温情的一面。一个在美国当过警察的华人，如此讲述他的一段经历：

他“拿下”了一个闯红灯的年轻人。就在他要给这个年轻人开 Ticket（罚单）的时候，这位年轻人开始求饶，说明自己的确是无意识地闯了红灯，最后，他说：“今天是我的生日。”

听到这句话，警察停下了准备开 Ticket 的笔，并把驾驶证还给年轻人，说：“以后注意，生日快乐！”

年轻人感动地热泪盈眶，并信誓旦旦地说：“永不再犯。”

警察的温情感动了这个年轻人，教育了他，也给了他一个最好的生日礼物。

（二）喜事丧办，缺失温情

如果说把谁的喜事丧办，那他肯定不开心。

但是，我们现实生活中喜事丧办的事情的确不少。喜事当中，因为发生争执，两拨人马大打出手直至闹出人命，或者喜事中因为车祸闹出人命之类的事情时有发生。

还有我们那些数不胜数的大型庆典，进行的时候，戒备森严、如临大敌的场面总会让人印象深刻。极小的事被上纲上线，把围观庆典、给庆典烘托气氛的老百姓当作大敌对待，弄得风声鹤唳、草木皆兵。不仅会把庆典应有的温情弄得一干二净，就连庆典的喜庆气氛都会变得所剩无几。

期待温情！

催饺子

2010年7月21日

今天入伏。

前几天，天气预报就说今天有雨。如期而至的雨从中午开始一直下个不停。盘踞京城多日的暑气，被雨水浇得无影无踪。京城的“伏天”就这样开始了。

忙了一天，回到家打开电视，主持人正在提醒着大家：今天入伏，根据京城的讲究（传统习惯），今天应该吃饺了。

中午是和几个好友一起吃饭，此时尚没有什么食欲。电视上的一段话提醒了我——晚上就吃饺子。

先检查了一下电冰箱，没有发现冷冻室里有饺子。想了一下，就决定去饺子馆。

大概都是和我一样受到了电视的提醒，饺子馆里的每张桌子，都坐满了三三两两的人。我被服务员带到角落里的一张桌子前。从这里，可以看到整个店面里的情况。

这是一家颇有些历史的饺子馆，就是讲究一个特色：根据顾客的订单手工包制，然后一锅一锅地煮，因此相比之下，上饺子的速度慢了一些。不一会儿，就听到周围有断断续续的呼声：

“服务员，帮我们催一下饺子。”

“服务员，帮我们催一下饺子。”

“服务员，帮我们催一下饺子。”

……

仿佛是受到了传染，等饺子的人耐心越来越差，男人、女人都在呼唤服务员，此起彼伏，使得本来就团团转的小服务员更是应接不暇。

见此，我想起了开车停在路上的情景。

我们那些奔驰在路上的汽车，每当有什么事情停顿一下，后面的车子就会马上开始鸣笛催促，即使是前面的汽车停车是因为有老人孩子上下。但此时此刻，后车的人甚至连等待 5 秒钟的耐心都没有。

望着眼前诸多不耐烦的顾客，突然产生一些追问：

“为何要催？”

难道商家不想快一点吗？如果他们也在努力提高速

度，并达到了他们可能的极限的话，还需要催促吗？

餐厅老板如此，开车人是不是也是如此？开车人愿意将他们的车停在路上吗？临时停车的时候，他们不想更快离开吗？如果他们也想尽快开走的话，有必要鸣笛催促他们吗？

“我们到餐厅去是为了什么？”

难道我们去餐厅吃饭，就是为了尽快填饱肚皮，尽快离开吗？我们不是为了那里优雅的环境、可口的饭菜以及陪着想陪的人一起去享受那段美好时光吗？如果是，为何要用烦躁的心情，来破坏这段美好呢？

5000 多年的文明，让中华民族有了璀璨的饮食文化，而今天，饮食文化更多地停留在了餐食本身，而没有绵延到人们通过美食和环境，滋养人的精神，愉悦人的心情，给人带来更多的幸福感受。说得直白一点，就是只有追求饱的文化，没有享受吃的文化；只有物质享受的文化，没有精神享受的文化。这就难怪在最新公布的“盖洛普世界民意调查”结果中，在“全球最幸福的国家和地区”排行榜上，中国大陆只名列第 125 位了。对一个 GDP 名列世界前三甲的大国来说，不能不说是一件让人感到遗憾的事情。

当“催”“快”成为我们生活中的关键词时，不知不觉，我们的幸福指数就被“催”掉、“快”掉了。

生活中如果缺少从容不迫的心态，就一定会缺少幸福。

也许，塑造一种普遍的、从容不迫的心态，形成一个同时享受物质和精神的文化，我们要走的路还很长。

饺子上来了，热气腾腾的西葫芦鸡蛋虾仁馅饺子，真香！

关于小费的思考

2011年5月30日

给小费是西方的一种习惯。当得到他人的帮助之后，给他一点小费，可以表示感谢。对于旅行者来说，每当用餐之后，有人帮助搬运行李之后，或者离开宾馆之后，都需要给服务生留下一些小费，以示感谢。

对西方文化不甚了解，大胆猜测一下：小费除了表示感谢之外，是否还是一种慷慨的表现？

由于国内没有给小费的习惯，到了美国之后，在很多时候会忘记给小费。比如，早上出门时忘记在宾馆床上留下1、2个美元的小费。回想起来有些惭愧。

为何会有给小费的习惯？

想起了一个反面的例子。有一篇文章是关于第二次世界大战的。里面讲到，战胜国都要求战败国给予赔偿，因为“西方人和东方人不同，既然道歉，就必须通过物质的形式表现出来”。自己确实不知道二战后，日本是否给予了苏联、韩国、菲律宾、美国、缅甸以及新加坡等国战争赔偿，但咱们中国人后来确实把这笔巨额赔偿一笔勾销了，勾销得好不爽快！

依照这个逻辑，西方人应该也认为，表示感谢光说一句“谢谢”是不够的，必须用物质形式来表达。同时，一些贵族也希望向同伴、向社会表现自己的慷慨。于是，小费现象出现了。

这样的推理是否成立呢？

和西方不同的是，东方人更重视精神层面的东西，只要意思到了，物质就显得不那么重要了。于是，得到人家帮助的时候，在东方用一句“谢谢”“感谢”就足够了。

有意思的文化差异。

真希望她不要变

2010年7月26日

近日读到了季羡林老先生的《重返哥廷根》。

这是一篇感人至深的散文。季老先生把他对“第二故乡”那深深的眷恋，尽情地泼洒到了字里行间。

文章的开头，“一切都和原来一模一样”一句，已经铺开了浓郁的怀旧情调，紧紧地抓住了读者。毕竟，三十五年过去了啊。读到这里，突然想起了一件往事——

一次接待一位日本朋友，夜晚，走在灯光闪烁的王府井大街上，我问对方：

“不是第一次来北京吧？”

“不是。”

“觉得北京有变化吗？”我不无自豪地问。

“真希望她不要变。”

我们已经习惯了别人用“新”和“变”来形容我们，以为那是对我们最高的评价。我们也习惯了等待对方的这类标准答案。所以，在听到“真希望她不要变”时，惊愕之余，也开始细细品味对方的话。

不同的民族，对传统、历史有不同的认识和态度。不知道从何时开始，“祖国的变化真大啊！”成了国人最喜欢听到的赞美词句，更是喜欢用这些词句来证明自己是如何“了不起”。但是，在这些“成就”背后，隐藏的是多少历史和文化的消失?

季先生的《重返哥廷根》让我突然发现，生活在哥廷根的那些德国人，也是一群“真希望她不要变”的人。

那些还在原地，和从前一模一样的城市雕塑、餐厅、书店无一不在表现着哥廷根人的生活方式和价值取向。我相信，没有人会因此嘲笑哥廷根人没有“与时俱进”，而被时代远远地甩在了后面。

无独有偶。曾经听一位美国朋友讲述了这样一个故事:

美国的一个小镇，有一幢颇有些历史的建筑。建筑的主人，试图拆毁它重建。小镇上的居民不干了，他们最终拿起了法律武器，用轮流起诉的方式，试图“保全”这幢建筑，延续它的生命。因为，无论从哪个角度来说，这些居民的起诉最终都要败诉——建筑物将被拆毁。最终，居民们的精神感动了建筑物的主人，他放弃了拆除它的计划——建筑物得以保存。

由此，我在思索一个问题：如何在现代化的进程中，给我们的城市构筑起一道牢牢的篱笆，让我们的历史和文化远离推土机的侵扰呢？如何让我们构建的崭新世界保持住我们悠久传统文化的精髓呢？如何才能不让我们筑起的高楼大厦阻断传统文明的传承呢？而那些不希望城市沧海桑田般巨变的人们，又有着多么强烈的对历史文化及文明的尊重和热爱啊！

爬山比赛

2011年5月31日

A、B、C 三国人比赛爬山。

赛前，各国领队纷纷做赛前动员和准备工作。

A 国领队对他的队员说：“大家听好了，目标山顶，各自寻找自己的路线，听到喊‘1、2、3’，大家一起，尽快爬上山顶。”说完，A 国领队也和大家一样，找好了自己的路线。

B 国领队对他的队员说：“大家听好了，目标山顶，听到喊‘1、2、3’，大家一起跟着我，尽快爬上山顶。”说完，B 国领队和大家一起选择出一条最佳路线。

C 国领队对他的队员说：“大家听好了，今天比赛爬山，我们要爬出风格、爬出水平！听到喊‘1、2、3’，大家一起跟着我，尽快往前。”说完，C 国领队想：“让他们去爬好了，我到哪里去休息一会儿。”并给自己选好了休息的地点。

“1、2、3！”比赛开始了。

A 国领队和他的队员一起爬上山顶。

B 国领队带领他的队员一起爬上山顶。

C 国领队悄悄躲进自己事先选定的休息地点，他的队员则失去了目标。

孔丁也

2010年5月3日

孔丁也姓孔，是因为他爷爷姓孔；孔丁也叫孔丁也，是因为他爷爷叫孔乙己。

专家将前几天在岳北市发现的孔乙己墓里出土的孔乙己头骨，和孔丁也的DNA比对，试验结果证实了孔丁也千真万确就是孔乙己的后代。

又据“孔乙己家族断代工程”专家考证，孔乙己娶一妻吴氏，生一子“非”，“非”娶妻章氏，晚年得一子。本来应该叫“丁他”的，但是，在那个年代，“非”望着儿子，心想：无仁也罢、也罢。于是，就把“他”旁边的“人”去掉，叫“也”了。

从上述证据来看，孔丁也是孔乙己的后裔无疑了。

话说孔丁也赶上了改革开放，不甘心只知道茴香豆的茴字有四种写法，孔丁也就加入了留学的行列。三年五载，学业既成，便立即回国效力。一下飞机，就向众人展示他获得的美国克莱登大学的哲学博士学位证书。那架势颇有当年张伯伦在机场舞动着和希特勒的协议，高呼“Peace！”的风采，引得国内大小媒体纷纷报道 。国内没有见过外国文凭的大学，争相重金礼聘孔丁也前往执教。心志高远的孔丁也，只肯受聘一家名不见经传的大学，来证明自己的才能、施展自己的抱负。

孔丁也不仅闻道在先，而且学术精湛。言必称希腊，论必举尼采、弗洛伊德。说话时，经常会突然停下来，盯着大家问道：

“这个‘@#￥%&*’用中文是怎么说的了？”

听闻者无不面面相觑，心口一致道：“不服不行”。随之，“粉丝”日众。

孔丁也虽然心志高远，但是学校按照当地教授的月薪标准，每月只给他“五斗米”。这对整日出入咸亨国际大酒店的他来说，未免经常感到囊中羞涩。孔丁也可受不了老祖宗“窃书”那样的“固穷”。

于是，孔丁也操起了祖上的秘术，问卜把脉无一不来，外带推销起祖传秘方的狗皮膏药。

“风湿关节痛？用我的祖传秘方狗皮膏药，……”

“跌打损伤？用我的祖传秘方狗皮膏药，……”

“感冒发烧？用我的祖传秘方狗皮膏药，……”

“瘊子鸡眼？用我的祖传秘方狗皮膏药，……”

……

狗皮膏药所到之处，无不百病消除，有病治病，无病防病。使得孔丁也不仅名声大噪，腰包也像他的将军肚一样，臃肿起来。

远在西天的孔乙己老先生，把这一切都看得真真切切。

孔丁也之恨

2011年7月4日

一日，孔丁也在树荫下悠然躺着，想着自己的一生。忽然一股恨，从心头升起。

首先，要恨我的爹妈，为什么就不把我生在富N代、官N代的人家？哪怕是富二代、官二代也好啊。

其次，要恨我上的那些学校。这些学校怎么就不是那些世界知名的学校？哪怕不是全中国知名，是我们那个小县城知名也好啊。

再次，要恨我的那些同学。你们怎么都这么不争气。如果你们混个一官半职的，不仅可以让我在别人面前炫耀一下，还可以帮我弄个课题什么的。

说到这，还得恨我的老师。你看人家，老师是院士，自己就有了靠山。我说老师，你们年轻的时候都干吗去了？怎么也不替我想想，你们如果都成了院士，还用得着我这么努力，我还会如此恨你们吗？

还要恨我的那些朋友。你看你们一个一个的，比我更不像个人。我还指望着沾你们的光呢，现在倒好，你们不沾我的光就好了！

最后，要恨我那不靠谱的运气。我怎么就不能摔一个跟头捡一个金元宝呢？

孔丁也恨着恨着就睡着了，做梦了。

梦里，他不知不觉地当上了富N代、官N代，也不知不觉地成了院士。

好不得意！

我是X的丈夫

2010年3月8日

某国首相出迎到访的某国总统K。

为了表示热烈欢迎之意，首相准备用英语问候K总统夫妻。秘书告诉首相，这种情况下，英语的标准对话是这样的：

主人："How are you？"（你好！）

客人："I am fine，thank you. And you？"（我很好，你好吗？）

主人："Me too."（俺也是。）

K总统夫妻一走下专机，首相立即热情迎上前去，握着K总统的手说：

"Who are you？"

首相一激动，把事先准备说的"How are you？"

说成了“Who are you？”（你是谁？）

K 总统听到这句话后，愣了一下，心想：这位首相真幽默啊！

稍微定了定神，K 总统回答道：

“I am X's husband.”（我是 X 的丈夫。）

这回轮到这位首相说话了。他依旧按照秘书教给他的话说：

“Me too.”（俺也是。）

自成一家

2009 年 12 月 29 日

在一个公众云集的场合上，某嘉宾应邀欣然挥毫。一番龙飞凤舞，题词挥就。

“好！好！好！”掌声和喝彩声响成一片。

题词被送给书法家评阅。

“嗯，自成一家，自成一家！”

题词被永久地镌刻在了石头上，供路人围观。

N 年后，题词的嘉宾早已作古，过去的事情也已经任人评说。

一日，幼儿园的阿姨领着一队儿童从题词前经过，阿姨指着那些汉字对孩子们说：

“小朋友们！你们看看，不好好学习，字就会写成这个样子，你们要不要把字写成这样啊？”

“不～要～！”——孩子们齐声答道。

第四篇

没有手机信号的旅行

不知道从何时起，手机和网络已经成了我们生活中必不可少的两样东西。它们的存在，简直就是一条无形的锁链，把一个人和社会牢牢地拴在了一起。也因为它们的存在，人的私密空间里被安放了一个由他人操纵的闹铃。无论什么时候，无论你在地球上哪个角落，别人都能找到你。当然，你也可以找到你想找的人。

但是，没有了手机，反倒让我更加专注旅行，专注于欣赏大自然。没有了网络，反倒可以让自己忘却处理事务的烦恼，从容面对完全不一样的另一种生活。

十堰印象

2011年3月4日

“十堰没有方言，你们走到街上，没有人会把你当成外地人，也没有人会欺负你。”十堰的朋友对我们如是说。而且，在此后的短短两天时间里，不止一次听说：“十堰是个移民城市，没有方言，没有歧视。”

可以说，是第二汽车制造厂撑起了十堰这个移民城市，硬是在一个荒山沟里建设起了一座今天拥有70多万人口的城市。当年的那批产业大军，来自全国的四面八方。

没有方言，是因为这里的人有太多的方言，而没有统一的方言。从一开始，南腔北调的移民就是令人艳羡的产业工人，而操方言的“土著”，反而成了少数族群。

没有歧视，是因为这里是四面八方人的大融合，需要大家为了一个共同的理想彼此协作。这样的社会氛围是多么令人向往。

十堰人淳朴，十堰人真诚，这是此行两天留下的强烈印象。

仙台，那美好的记忆片段

2011年3月13日

引子

2011年3月11日，日本当地时间14:46（北京时间13:46），日本东北部遭受里氏9.0级地震，随之而来的大海啸，重创包括仙台在内的许多乡村和城市。从电视和照片来看，仙台市已经满目疮痍，至今未能和住在仙台的朋友取得联系。

仙台之于我，不仅仅是鲁迅先生曾经生活过的地方，更是我亲密友人的家乡。

（一）相识

应该是在1986年，一个偶然的机会，我收到一个名为"熊猫俱乐部"的中日友好团体发出的询问函。该函称：如果愿意和日本人成为笔友，可以留下自己的联系方式，他们负责和日本人建立联系。这有点类似“婚姻介绍”，是为双方牵线搭桥。我就在那个调查表上留下了姓名和地址，按照信上的地址，寄了出去。

没过多久，就收到了一封来自日本仙台的邮件，寄信人就是从此成为朋友的永野博先生。当时的永野先生和我现在的年龄相仿，在一家日产汽车公司里担任要职。

或是出于对中华文化的热爱，或是出于一份童心未泯的好奇，或是出于对那场不幸战争的忏悔，对中国充满了兴趣且正在学习中文的永野先生给我发出了邮件。从此，我和永野先生及其家人开始了一场漫长的友谊之旅。

从那时候起，我经常会收到来自日本的厚厚邮件。邮件里有热情洋溢的信、照片，有时也有永野先生公司的产品广告。有一次，永野先生竟然给我寄来了一套百科全书。这套印刷精美的书跟随着我，辗转各地。至今，我依然珍藏着这套千里迢迢来到我身边的珍品。

（二）第一次造访仙台

1988 年 2 月，我终于如愿以偿地踏上了日本的土地去那里学习。到了日本以后，立即和永野先生建立了电话联系。在我的认知里，他及他的家人，是我在日本唯一的“熟人”。记得有一次，我和其他留学生一起，到京都附近的宇治去玩，在那里给永野先生打了电话，和他一起分享我的快乐。

从一开始，永野先生就邀请我去仙台他家玩，并为之很早就开始了策划。当时是5月初日本的连休，出行的人很多，新干线的火车票也很难预订。为此，永野先生早早就为我预订了火车票，所有的费用由永野先生负担。相应地，我也做了精心的准备。

转眼快到5月了，永野先生一次又一次地为我确认行程。由于中间必须在东京的上野车站倒车，永野先生担心我迷路，因此一边又一遍地叮嘱我，提醒我，实在是让人感动。

5月刚过，我便踏上了仙台之旅。如约，在上野车站倒车时，用公用电话给他报了一个平安。也就在打了这个电话后，我丢下钱包匆匆而去。不过，幸好我及时发现，立即转身，找回了钱包。至今我还记得当我找回钱包时，电话旁一位大妈那惊讶的表情。

永野先生到火车站接我。一出站，我便走向仙台人最常选择的集合地点——车站里的伊达政宗雕像前，我们立即相互认出了彼此。热情的寒暄之后，永野先生先带我去吃了午餐——拉面。

永野先生三口两口就吃完了那顿饭，然后抱歉地对我说：“我已经习惯了快吃饭。”

是啊，成长于战后的这些日本创业者，哪一个是优哉游哉的？

第一次认识了永野先生的家人：夫人，长女（由树），次女（伦子）和长子（たか）。这是我第一次到日本人家里做客，终生难忘。

（三）松岛和鲁迅先生纪念碑

日本有三景，从北往南数：仙台的松岛、京都的天桥立和广岛的严岛。初到仙台的人，是一定要去松岛的。

第二天，永野先生开车带我去了松岛。那一天风和日丽，松岛风景如画，加上永野先生一家春天般的热情，让我这个置身异国他乡不久的人感到非常温暖。

当他问起我希望去看看的地方时，我提出要看看鲁迅先生纪念碑等地方。听到我的这个请求，他们商议了好一会儿。我这才知道，并非所有的日本人都像中国人一样，那么熟悉鲁迅，那么熟悉和鲁迅相关的事情。

还好，没有费多少时间，我们就找到了鲁迅先生纪念碑。在那篇由郭沫若题词、廖承志撰写的碑文前面，我伫立良久。

普天之下，人类本是同根同源。

难忘永野先生，难忘所有给过我点滴帮助和关怀的人。这些，都让我时时感念人生的温馨和人性的纯善，让我怀着一颗报答的心常常眺望远方。

2011年初春的重庆

2011年3月15日

飞机轻轻地震动了一下，随着隆隆的减速风声，缓缓地降落在了重庆江北机场。估计是在空中多盘旋了一圈的缘故，比预计到达时间迟了10分钟。

时隔一年，又一次来到重庆。

（一）骄横的乘客

飞机还在滑行，有位乘客就站起身来，机长和乘务员都发现了他。机长通过广播提醒这位乘客坐下，乘务员小姐也高声喊道："飞机还在滑行，请在座位上坐好，系好安全带。"

这位仁兄在座位上坐了下来，估计没有再系好安全带。

飞机刚刚停稳，大家都急急忙忙起身，拿自己的行李。登机桥在平稳地对准舱门，大家都在等待。就在这时，我身后的一位乘客，操着浓重的重庆口音（或者是四川口音，我实在无法区分它们），破口大骂起来，他后面的一个人，和他一唱一和地高声谩骂起来。

前不久，重庆经历了一场声势浩大的打黑除恶运动，让重庆的天地清洁了许多，但是从这两位蛮汉的谩骂来看，这片土壤一时半会儿还难以彻底清净。

（二）俯瞰观音桥商圈

入住酒店后，从窗子望下去，只见前方的大楼上，闪烁着五颜六色的霓虹灯和广告牌。草坪灯发出幽幽的光亮，一条条小径，在灯光中若隐若现。

清晨，打开窗帘，从世纪金源大饭店的 28 楼俯瞰，那是一个花园式广场。广场上由植物分隔的小径和空地上，有行色匆匆的行人，也有人在伴随着音乐舞动。

早餐后在广场上慢慢走了走，这才知道，此处就是重庆的观音桥商圈。

商圈被高耸入云的大楼团团围住。设计者巧妙地利用山势，造成了多个错落有致的广场。这些广场，为晨练者提供了许多从容的空间。

尽管由于人多，这片开敞的空间显得有些拥挤，但是，我还是非常羡慕重庆市民，因为他们毕竟有了这样一个宽松的活动空间。

（三）仙风道骨的算命人

上午半天是自由活动，真是一个难得的休闲机会。想了一下，还是决定再去看看磁器口。

打车很快就抵达了目的地。和上次不同，此次专门想寻找那些小街和背巷。最后，沿着磁器口横街一路走了下去。

街口，算卦看相的店铺一家接着一家。看我踱着步子走过，有店铺里的人向我打招呼。有一个中年男子，竟然用日语和我搭讪，实在令人哭笑不得。

再看那端坐在柜台后的看相人，要么有些雌雄难辨，要么一副仙风道骨、鹤发童颜。巴蜀的独特文化，造就了一批这样特殊的人。

（四）小巷深深

无论是路边还是小巷两旁的建筑，都依旧保持着原来的风貌。走过那些算命的店铺，渐渐地，只剩下了原住民的住家。小巷弯弯曲曲地一直向着前方伸去。

石砌的路面，坑坑洼洼，不时还有上下的阶梯。建筑物之间，那狭窄的缝隙中，隐藏着上坡或者下坡的台阶。砖木结构的房屋，顽强地占据了道路以外的所有空间。看到它们，你就会想到沙漠里的一汪清水，所有有水的地方，四周必定有植物生长。抑或是热带雨林中的土地，都被生命力顽强的植物所占据。

小巷在这里转了一个弯，转弯前，建筑物在这里形成了一个非常局促的天井，里面暗淡无光。天井里静静地坐着一男一女两位老人，毫无表情地盯着我及其他过往的行人。也许是生活过于沉重，抑或是陌生的行人太多，已经麻木了他们的面部肌肉。

显然，阳光已经远离这个小小的天井很久很久了，时间，也似乎在两位老人的面前停滞不前。

突然，前面的小径上出现了一摊积水，还不时有“雨水”滴落。抬头一看，原来是楼上居民晾晒的衣服在滴水。

他们都是这里的原住民，已经完全适应了这样的生活。心中不免好奇：他们在这里已经居住了多久？这个小巷经过了怎样的变迁？

（五）不需要咖啡的磁器口

时间还早，一直想找一个可以看到嘉陵江的窗口坐下来，端起一杯散发着浓浓香气的咖啡，让思绪和时间随着那早春的江水，缓缓流淌。

“有可以看到江水的房间吗？”“没有。”

“有可以看到江水的座位吗？”“没有。”

一间，又一间，我重复着同样的问题，得到的是同样的答复：只有那些面对大街，让自己犹如橱窗里的时装模特一般的座位。

古老的磁器口，记载着“棒棒”的艰辛，也显现着今天商业的辉煌。只是，仿佛缺少了一点什么。想记录些什么，或许是从前江水流过的痕迹，或许是今天过客的匆忙。

十渡，十渡

2011年3月27日

在北京人的眼里，房山的十渡是一处风景秀美、充满了荒郊野趣的去处。那山、那水不仅吸引来了无数的游客，也是新人们拍摄婚纱照的绝佳去处。

就在柳树的枝丫刚刚抽出新芽的时节，我沿着十渡的那条沟，一直走到河北的野三坡。

（一）自然的山川

由北京方向进入景区，是从一渡开始的，然后是二渡、三渡……一直下去，后面还有十四渡，这是从前人们给这些跨越拒马河的渡口起的一串名字。

自古以来，渡口就是悲壮远行、凄婉送别以及浪漫邂逅的场所。莽莽苍山下的这些渡口，给人留下了久远、沧桑及浪漫的记忆。

一进入景区，一座座苍凉的大山映入眼帘。它们犹如初春时节的乍暖还寒，高耸中透着冷峻，嶙峋中透着柔和。苍山上那些昔日刚毅的岩石，被岁月和风雨侵蚀、风化，化成尘土，化作大山的皮肤，极力装饰着山崖的岩石。而就在这些岩石贫瘠的“皮肤”上面，顽强地生长着还没有返青的一丛丛植物。

初春的拒马河水清澈而湛蓝，它跨越一道道人工的堤坝、围堰，绕过一座又一座九曲十八弯的大山，蜿蜒着，或奔腾于陡然变化的山势，或舒缓于宽阔的渡口。岸上与水底，山水相映，岸柳依风。

阳光下，是一群群逃离城市喧嚣的人们，安宁了许多、从容了许多。山、人之间有一种悄然的天人合一之韵。

（二）野蛮的公路

十渡风景区里，道路的名称有些复杂，一会儿是X017，一会儿是十大路，一会儿又是X029。但无论它叫什么名字，就是一条路，一直沿着山路、沿着拒马河向前延伸到河北的野三坡。

如果沿着公路的主路，你会自然而然地跨越几座宽大的桥梁。这些桥梁一路穿过景区，显示出一些新时代的气息，其中还有一座是耸立着吊塔的斜拉桥。

新建的公路和大桥，让景区的道路和其他的过境公路毫无二致。车行其中，更是让驾车者多了几分匆匆过客之感。

稍加留意，我发现那些新路的旁边还有一些依山傍水的公路，“那应该是一条老路”，我猜想。于是，不时地驶离公路，开车跃上老路，感受它们原始的味道——那里的确别有一番天地。

渡口、竹排、湛蓝的河水、岸边的杨柳以及那些在拍摄婚纱照的新人，散落在明媚的阳光下，沐浴在拂面不寒的春风里。

然而，与此同时却也发现那些新修的公路桥活生生切割了原本自得天然之美的空间，生硬地闯入了人们的视线，蛮横地穿越自然和天地，破坏了应有的自然与和谐，看上去那么生硬，又那么骄横。

忽然想起强势的人类用最先进的武器和装备对付手无寸铁的野生动物。对自然的挑战，是如此的轻而易举。

（三）荒诞的开发

道路的一旁在大兴土木，建着一个叫“花果山”的劳什子。透过围墙，可以看到几个西游记中人物的塑像，显得那么滑稽可笑。

在这山沟里，可以感受到处处是规划者的构想，时而也有滑稽的“创意”。忽然间，我的脑海里闪现出了这个劳什子筹建时的画面：

几个人坐到一起，绞尽脑汁地试图挖掘一下山沟沟里的“文化内涵”，于是，最富想象力的西游记出现在他们的脑海，跟着主题也就确定了下来。

为了突出主题，找一点钱，请几个匠人，造出几个西游记人物的塑像，杵在景区的中间，算是大功告成。

到过国内很多景区，类似的开发荒诞剧，逼着游人去想象一块石头、一座山“像”什么，在景区里立上一个不伦不类的雕塑等令人倒胃口的事情不胜枚举。

是谁逼着人们这样去做？难道旅游景点就一定要有这类硬生生编织出来的景观吗？

（四）蛮横的占据

刚刚到十渡，发现一个公共厕所，驱车向前。由于老人腿脚不便，想尽量将车靠近一些。没想到，　下了出来了几个身强力壮、身着黑色工作服的人，那架势如临大敌，半是劝说半是命令地说道：“把车开到停车场里去！”空气立刻紧张起来。

回想一路上，一条绵长蜿蜒的拒马河，被切割成了无数的小段。每一个近水、风景秀美的河岸都被人占据，修一个小门，上面写着“收费”“每人 5 元”等等。

拒马河上不知道有多少堤坝和围堰，河道里也有很多人在作业，不知道是在建设还是在挖掘着什么，看起来满目疮痍。

十渡景区，看似一块完整的土地，其实，处处是暗藏的割据。

十渡是荒蛮的，十渡有着尚未被彻底粉碎的荒蛮的自然。

十渡是荒诞的，十渡有着荒诞的开发、荒诞的建设以及蛮横的割据。

荒蛮中可以植入文明，让荒蛮成为文明的背景和文明的花园；荒蛮也可能被野蛮入侵，让荒诞和蛮横彻底粉碎这个乐园。

寒风中

2011年11月7日

今晨起来，拉开窗帘，就看到窗外狂风大作。开窗凝视窗外，但见楼下小区里所有的树木都在狂风中飞舞，心中不禁为之一动，好一个风寒悲秋天。

很久没有带父母一起出行了，眼看大好的秋天即将逝去，何不在这个难得的周末休息时间带他们出去走走？

立即行动！不一会儿，就已经驱车走在路上了。

车子迎着强劲的西北风，踏着卷地的黄叶，驶向群山。

天色在大风中逐渐变得阴暗，黄叶在天空和道路上飞散。阴云下，我们缓缓走进大山的怀抱。放眼望去，所有山脚到山顶的植物，都被秋天涂上了既苍凉又火热的色彩。赤、橙、黄、绿、青交织的树叶，把整个大山涂画成了一个巨大的调色板，呈现在天地之间。

那被笔直的白杨树守护的道路，铺满了落叶。落叶的飞舞，让大风中的道路充满了一种诗意的动感。有时候，你分不清是车子在奔驰，还是落叶在迎面而来。

尽管大风劲吹，还是有很多人不时停下车来拍照，而后，在寒意的逼迫下迅速钻进车子继续前行。

在一池碧水边停了很久。清澈见底的池水在大风里荡起了一轮轮大大的涟漪，和岸边风中树木的哗哗声彼此呼应，让人一下子领悟到了风生水起的生动场景。凝视水对面的山，只见它被一块块乌云笼罩着，树木岩石和沟沟坎坎，都浸染在一片烟雾朦胧之中，有一种混沌未开的美丽。

忽然间，一阵雁鸣从空中传来。抬眼望，看见头顶有一群大雁飞过，向着南方。一瞬间，刘彻的那句“秋风起兮白云飞，草木黄落兮雁南归”在耳边响起。

又是一年深秋，又是一年要过去了。

寒风中，只觉得一片苍凉。

路旁的小鸟窝

2011年6月6日

行至纽约曼哈顿中央公园的过街地道处，发现了被护栏围起的一隅。定睛一看，才发现就在人们触手可及的地方，小鸟做了一个窝。一个、两个……一共四个小脑袋静静地待在那里。它们一定是在等候着它们的妈妈回来。

原来，这个护栏是在提醒人们："不要打搅小鸟！"

刹那间，一种震撼人心的东西慑住了我。

突然想起了庄子和东郭子的一段对话。东郭子向庄子请教说："人们所说的道，究竟存在于什么地方呢？"庄子说："大道无所不在。"老子也说过："天下有道，却走马以粪。天下无道，戎马生于郊。"

触手可及的小鸟窝，让人们看到了怎样的道呢？

暮归

2011年6月7日

火车缓缓离开纽约的Penn车站，很快驶出了地面。

晴朗的天空下，一抹夕阳穿透车窗，照到我的脸上。带着淡淡的惆怅，我凝视着夕阳的辉煌，看着它很快划过天空，沉向高楼和桥梁的背后，沉入大地之下。

日复一日，年复一年，就是这般静静向前——朝阳迎接我从混沌中醒来，我目送夕阳重归大地。

每一天，在我生命的每一天。

车窗外，大地万物都披上了一层淡淡的灰蓝，在渐行渐浓中变成了蓝黑。慢慢地，喧嚣了一天的大地渐渐归于宁静。夜幕中，橙黄色的街灯次第点亮，温暖了静谧的夜。

火车载着我——一个在美国大地上奔波了十多天的

疲惫身躯，揣着对纽约的一丝丝眷恋和对亲人的牵挂，驶离纽约，驶向我们要去的小镇 Metuchen。

飞过天空的小鸟，它们要到哪里去？道路上行色匆匆的汽车，他们要去何方？他们是否和我一样，也是在回“家”的路上？

背后是我还没有来得及端详的纽约，前方的“家”也许仍是一个来不及熟悉的地方。可是，我像所有身在旅途的人一样，一直都在向着“家”的方向，一直都怀着对“家”的渴望。

人啊，一生中有着太多这样的“不得不”——不得不结束的旅程，不得不告别的亲情，不得不告别的城市，不得不告别的异国，不得不踏上的归程。

没有手机信号的旅行

2011年6月7日

抵达目的地——West Yellow Stone（黄石国家公园），才发现手机完全没有了信号，一直显示出“没有服务”的字样。

“怎么回事？”一边纳闷，一边不停关机、开机，试了半天，始终没有找到问题所在。询问同伴，才知道这里有T网、G网之分，此处可能没有我使用的T网。不仅如此，宾馆里的无线网络信号也是非常微弱，时断时续，严重影响通信。

“真是活见鬼！”郁闷中不由自主地骂了一句。

进入黄石国家公园后，生活在美国的同伴也说：“这里没有信号。”

这就意味着，在黄石公园里面，即使是在公路沿线，也不是所有的地方都有手机信号覆盖。

“也罢，回归一下没有手机的日子也好。”无奈中，我安慰自己。

不知道从何时起，手机和网络已经成了我们生活中必不可少的两样东西。它们的存在，简直就是一条无形的锁链，把一个人和社会牢牢地拴在了一起。也因为它们的存在，人的私密空间里被安放了一个由他人操纵的闹铃。无论什么时候，无论你在地球上哪个角落，别人都能找到你。当然，你也可以找到你想找的人。

于是很多时候，“24小时开机”成了堂而皇之的要求。提出要求的人甚至可以不为这种要求支付一文钱，可以不考虑对方是否正在休息。也不知道人是更自由了，还是更囚徒化了。经常听到身边的人说：“要求我们24小时开机”，总是感觉啼笑皆非。

没有了手机，反倒让我更加专注旅行，专注于欣赏大自然。没有了网络，反倒可以让自己忘却处理事务的烦恼，从容面对完全不一样的另一种生活。

没有手机、没有网络的旅行，其实很好。

S 城记事

2010 年 1 月 18 日

（一）夜晚的宾馆

周六抵达 S 城的宾馆时，已经是晚上 10 点多了。

在宾馆大厅等候办理入住手续的时候，那里不断有人穿行。几个人从大门进来，走向电梯，他们彼此勾肩搭背，走路跌跌撞撞，口齿不清，在纠缠着什么。

从电梯里出来的一群人，也相互招呼和道别着。显然，他们是从宾馆的餐厅出来的。

时值冬季，这里的人喜欢穿着深色的衣服。在朦胧的夜色中，远远望去，犹如夜幕下的幽灵。

和我一同进入电梯的是两个满脸通红的男子。很快，电梯里就弥漫了酒气。

（二）自助餐厅即景

吃相很能反映一个人的教养水平。

周末宾馆的自助餐厅非常热闹。可是，餐厅里异样的气氛，吸引了我的注意。

很多像是携家带口的食客。至少，很多人都带着孩子。

对面的几个人面前，用过的餐盘堆得像小山。另一些餐盘里的食物也堆积如山。几乎所有的人都在又说又笑地吃着。

一个胖胖的妇女搬来了两个盘子，盘子里盛满了各色水果，看上去她试图想为大家服务。也许是众人已经吃饱，那两盘堆积如山的水果几乎未动。接着，其他人起身告别离去。胖女人和一个看上去应该是她的女儿的胖姑娘继续吃着。

服务员开始撤掉大大小小的餐盘，胖女人指示服务员也撤掉了一个几乎未动的蛋糕盘子。尔后，胖女人和那个胖女孩一起开始享用堆积如山的水果。我暗想，但愿她们能够吃完那些水果，千万别再浪费。

另外一个桌子上，一对中年男女在埋头吃东西。盘中堆满了食物，其中一个盘里盛满了大虾。在这个离海不远不近的城市，也许较少看到大虾这种水生动物，或是他们的生活中较少吃到大虾。无论如何，那一盘大虾说明了他们对这种水生动物的渴望。

在异样的氛围中，这顿饭吃得很不舒服。

（三）幸福在于过程？

想起了一部美国电影中的一个情节。

一个流浪汉，被一个管家带进一座高档公寓里。流浪汉偷窃成性，当管家在前面介绍房间而转过身去的时候，流浪汉将公寓里的陈设品（大概是很贵重的工艺品）偷偷藏进了自己的衣兜。

管家回过身时，发现了。然而，管家对他说："先生，你不用拿，这房间里的东西都是你的。"

"都是我的？"流浪汉将信将疑。

"对，都是你的。"管家肯定地回答道。

于是，流浪汉开始将装进衣兜的工艺品抛向地面，一边来验证管家的话，一边从粉碎中获得快乐。

流浪汉的举动，说明幸福并不是因为"拥有了它"，而是在于"拥有过它"。

我就在想那只剩虾须的自助餐厅大盘子，和那些食客面前堆积如山的大虾。心里默默祝福："午餐愉快！"

失而复得的帽子

2010年2月03日

苏州之行的最后一站，是打车前往苏州的著名历史街道——山塘街。

一上车，出租车司机的制服引起了我的注意，便和他攀谈起来。交谈中得知，他所在的出租车公司，是上海一家著名企业旗下的一家子公司，规范的服务，使得该公司在苏州城独树一帜。

不知不觉，我们到了目的地，并很快进入一家看上去颇有些历史感的小店用午餐。吃好饭要起身离去时，发现帽子不见所踪了。一番查找之后，想起在出租车上曾试图将帽子挂在背包上，之后就再也没有见到过它。于是决定给出租车司机打电话试试。

赶忙找出乘坐出租车时的发票，按照上面的号码，打电话过去询问，对方说帮助查找，让我稍等。

那顶帽子并不名贵，是 2008 年去阿拉斯加时，阿拉斯加大学的同事赠送的礼物。天冷的时候，每次外出总是要戴上它，不仅可以保暖，人也因为这顶帽子精神了许多，对它很是喜爱。

不一会儿，对方给了我一个电话号码，顺着这个号码打过去，和那位出租车司机师傅接通了电话。

显然司机师傅是在等我的电话。确认了情况，约好 20 分钟后，在我下车的地方等他开车把帽子送过来。

还有时间，我继续在山塘街的街头漫步、拍照，让自己继续沉醉在那散发着浓郁历史气息和地方风情的氛围当中。

突然，我的电话响了起来，是司机师傅提前到了。一路小跑，气喘吁吁地赶到约会地点，出租车已经静静地等在了那里。

司机师傅看到我，放下车窗，伸手递给我帽子。我接过帽子的同时，也递给了司机师傅一份车钱。

“不要给了，不要给了。”司机师傅连声说。

我还是把车钱递给了他，并在连声道谢后转身离去。

古香古色、小桥流水。雨中的山塘街，那浓郁的地方风情给苏州之行添上了浓墨重彩的一笔。而帽子的失而复得，则给此行画上了一个完美的句号。

出行二三事

2010年2月7日

（一）忍气吞声的顾客

在广西旅行时，和朋友一起在一家不大的餐厅吃广西式火锅——“烫”鸡。吃火锅，北方称为“涮”，广西人则形象地称为“烫”。

吃着吃着，突然感觉到食用的鸡不是现宰的，于是想把店家叫来理论，被朋友劝阻。

“算了，已经吃了那么多了。再说，他要是在后面的菜里做一点手脚，我们也不知道。”听朋友如此一说，觉得有几分道理，只好作罢。

想起了在日本回转寿司店用餐的情形。如果回转了几圈的寿司没有客人端下去食用，那么寿司就会变质、变色而失去新鲜的味道。这时，店家就会将那盘变了色的寿司端下去倒掉。

客人更乐意去像后者一样的店里用餐，个中原因自然用不着多问。

（二）雨夜出租车

离开无锡车站时，黄昏的天空下起了雨，出租车载着我们驶向下榻的旅馆。

出租车司机得知我们还没有吃晚饭，建议我们先去吃饭，然后再入住酒店。但这个建议被我们谢绝了。中间，出租车司机的电话不时响起，不想偷听别人的通话，但是能感觉到他的烦躁不安。

根据情况判断，我们要去的旅馆应该就在附近了，可是出租车还在继续向前行驶。过了一会儿，汽车停在一家旅馆前面，定睛一看，这不是我们预订的那家旅馆。我下车问清楚了地点，出租车开始往回行驶。

雨，越下越大。

出租车终于来到了可以看到旅馆的地方，司机开始唠叨，说不知道怎么走了，要我们下车。我当然更不知道如何过去，况且天在下着雨。

“你还没有把我们送到地方。”我要他把我们送到旅馆。

“我不知道怎么走啊！”司机反复说着，同时，还絮絮叨叨地抱怨起来。

先发制人，倒打一耙是很多小人的伎俩。为了不被他弄坏自己的心情，我一直很少说话，只是坚持要他把我们送到酒店的门口。

他当然必须完成他的使命，只要我坐在那辆车上。

（三）半价的商务套餐

在无锡的闹市区走累了，看到一家咖啡店，就走了进去。

本来只打算喝一杯咖啡，无意间发现菜单上写着这个时段有半价的套餐，于是就头也没抬地随口问了一句。

“那个到时间就没有了。”店小二回答道。

店小二对此闪烁其词，反倒激发起我的兴趣。看了看手表，距离限时优惠结束的时间还有 10 分钟。

“不是还没有到时间吗？”我问。

店小二走了，但是，很快他又回来了。

“那个不能点了，没有了。”店小二此次有了明确的态度。

“为什么？”我说。

“反正我说了也不算。”

“那谁说了算？”

店小二再次消失了。

这次店小二回来时，满脸的不情愿，不过，嘴里还是连声道：

“点吧，点吧，你们点吧。”

不一会儿，我们要的咖啡和甜点都悉数上来了。看到这些东西如此迅速地被送了上来，也就没有再为“是否给人家添了麻烦”而不安了。

（四）告也没用

回家的路上，和出租车司机攀谈起来。

“早些年，你告（投诉出租车服务中的问题）也没用。”出租车司机回忆起很多年前的情形。

“要投诉，你随便投诉。你要打电话，用我的电话打，打电话根本没人接。现在不行了，电话一打就通，一告一个准儿。”

默默地听着他的诉说。

太多的国人有太多的抱怨。想起了龙应台的那篇《中国人，你为什么不生气？》，但大多数情况下都是：“告也没用”。

不过，出租车目前的管理状况倒是给人以启发。试想，如果到每一个政府部门办事都像出租车投诉那么简单顺畅，如果每一个投诉都“一告一个准儿”的话，还会有那么多的官员犯错误吗？还会有那么多的腐败吗？

小心翼翼的餐饮

2010年4月22日

（一）不吃狗肉

突然发现，在外出考察吃饭的时候需要提高警惕了。

主办方一般都很好客，好客必宴客，宴客需有惊喜。于是，一个个稀奇古怪的“佳肴”被端上餐桌，天上飞的，地下爬的，一个动物的不同部位的，不一而足。

人类文明的标志之一，就是人心中会有一些图腾，也会有许多禁忌，其中包括餐饮中的禁忌。

据说，一条黄狗救过努尔哈赤的性命，于是，他对天发誓，如果得了天下，就命令全体满族人禁止吃狗肉！

我是满族人。作为满族人的后裔，内心深处或是精神深处，在保护野生动物的良知以外，又多了这一条饮食中的禁忌。

很早就知道这条禁忌。由于很多地方并无吃狗肉的习惯，自然也就没有太多在意。可是，到了有吃狗肉习惯的朝鲜族人聚居区，情况就大不一样了。稍不注意，狗肉，就会被端到面前，让我不得不经常保持警惕。

凡是摆上餐桌的东西，我一定要问问："这是什么？"否则，不敢轻易动筷子，更不敢轻易送到嘴里。

走了那么多的地方，吃过那么多美味佳肴，就是从吉林之行开始，第一次感觉到了吃饭也要小心翼翼。

不吃野生动物。不吃狗肉。

（二）不吃鳄鱼

"红烧鳄鱼脚。请慢用。"服务员照例介绍着端上来的菜肴。

盛着两只鳄鱼脚的盘子缓缓地停在我的面前。大大的盘子里，摆着两只带着皮的鳄鱼脚。灯光下，那鳄鱼皮泛着青黑色的光泽，皮下肌肉已经从破裂的地方露了出来。

看着盘子里那残缺的鳄鱼肢体，我的眼前立即浮现出一个个画面。

"来，尝尝！"身边的同事一边品尝一边向我推荐。

我微笑了一下，轻轻转动桌面，让那盘菜划过我的面前。

我理解同事的美意，但是，不管是什么动物的残缺肢体，不管烧出来什么味道，我是不会向它们伸出筷子的。

自从第一次在广东误食（在不知情的情况下，吃了一口）之后，决心只要知道盘里的是鳄鱼，就绝不食用。

最终，盘里的红烧鳄鱼脚剩下了很多。但愿那是人同此心。

深秋的承德

2010年10月27日

去过几次承德，都是来去匆匆，既没有游览避暑山庄，也没有参观外八庙。日本的老师来了，说想去看看承德。正好，陪同他们专程来到承德。

（一）没有服务区的高速公路

驶上高速公路没多久，一块里程碑赫然入眼：承德208km。

汽车驶入山区，雾开始浓密起来。打开车灯、雾灯，放慢车速，以确保安全。还好，尽管雾气很重，但是，能见度始终保持在可以确保安全的范围以内。

车窗外,满山的红叶、黄叶,把大山涂满了浓浓的秋意。

但是，从此处到驶入河北境内，竟然没有一个服务区！总想找个服务区购买一些饮料，及时休息以确保安全，并给老师一个抽烟的机会。就这样一路下去，一直到接近承德市区，才找到一个服务区。

这不禁让我想起了前不久的一则官司：一个人因广东的一段高速公路缺少服务区，致使他燃油耗尽，最终抛锚在半路上，将高速公路管理部门告上了法庭。

（二）孤独的旅客

汽车停在了德汇门前的停车场，我们一行三人立刻被人围了起来。有卖地图的，想给我们导游的，还有收停车费的。我们一下子仿佛成了落入狼群的羔羊一般，被围困着，好不热闹。

首先必须应付的是穿着制服收停车费的人。

“多少钱？”我问。

“10元。”他回答道。

我望着远处赫然矗立的收费标准牌，一边向那走过去，一边对他说：“回来再给你钱。”

“那我可不能保证你的汽车安全。”他悻悻地说。

等我走到了标志板才看清收费标准：每次收费5元。

看看吧！好好的旅游景点，就这样把游客弄成了要挟的对象。那些不时面露狰狞的人，有时真像强盗。

（三）静静的山庄，满山红叶

深秋的避暑山庄非常宁静，也许是因为再有 7 天就要结束今年的营业（工作人员语）。尽管是星期天，游人也不多。

水面倒映着岸边的各种树木，水面一丝波纹都没有。灰暗的天色下，清冷的空气中，池塘里残留着的惨败的荷叶在瑟瑟发抖。

没有车四壁的观光巴士，带着我们来到山上，钻入山谷，满山火红的枫叶映入眼帘。巴士飞驰在崎岖的小路上，不仅缩短了欣赏红叶的时间，夺去了我们拍摄秋山的机会，更让我们暗暗为安全捏一把汗。

（四）外国人发现外国人

路上，老师曾经问起我：“这里是否较少有外国人光顾？”

经他如此一问，我才发现，今天的确鲜有外国人照面。但是，根据我的感觉和经验，这里肯定不乏外国人造访。

果然，没走几步，就不时遇到欧美人模样的游客。老师也注意到了。不知道他是在刚才“被围观”后找到了些许安全感，还是失去了在外国人中捷足先登造访承德的那种成就感。

极尽谁家奢华

2010年11月09日

在无锡开会期间，朋友陪同造访了灵山大佛。

无论是园内的九龙灌浴还是灵山大佛，其气势都让人惊叹不已。而灵山梵宫，更是以它的极尽奢华，给人留下了深刻的印象。这是一段网络上找到的关于灵山梵宫的介绍：

灵山梵宫坐落于烟波浩渺的太湖之滨，钟灵毓秀的灵山脚下，气势恢宏的建筑与宝相庄严的灵山大佛比邻而立，瑰丽璀璨的艺术和独特深厚的佛教文化交相辉映。灵山梵宫建筑气势磅礴，布局庄严和谐，总建筑面积达7万余平方米。灵山梵宫的建筑形式突破传统，以石材等坚固耐久材料为主，大量运用高大的廊柱、大跨度的梁柱、高耸的穹顶、超大面积的厅堂等，既体现佛教的

博大精深与崇高，又将传统文化元素与鲜明时代特征相融合。

梵宫内部各建筑空间独立且互相贯通，由门厅、廊厅、塔厅、圣坛、三传会议厅、千人宴会厅等组成。精雕细琢的东阳木雕、敦煌技师的手工壁画、光灿夺目的琉璃巨制、精致典雅的瓯塑浮雕壁画、技艺精湛的扬州漆器、恢宏大气的油画组图、古雅精丽的景泰蓝须弥灯、精美的景德镇青花斗彩缸……

具有会议和演出多功能的梵宫圣坛，可以举行2000人的大型国际会议……《吉祥颂》将每日举行。

步入灵山梵宫，能深切感受到这些文字完全没有夸张的成分。恕我孤陋寡闻，如此奢侈的宫殿，还是第一次见到。在这个名为梵宫却实在缺乏宗教气息的建筑物内，走着，看着，想着。

一些简单的问题一直萦绕在我的脑海：如此奢华的宫殿是谁出钱修建的？那么多的“第一”到底是在夸示什么？

看着看着，只觉得眼前偌大的建筑慢慢化成了一个披着袈裟的莫名躯壳，俯卧在灵山脚下，吸引来许多对奢华趋之若鹜与充满猎奇心的人。

江门印象

2010年3月26日

（一）梁启超故居

连日工作，很疲惫，在车上不知不觉睡着了。一觉醒来，车辆已经稳稳地停在了梁启超故居附近的停车场。

首先映入眼帘的是一汪被榕树掩蔽的池塘。榕树遮天蔽日，悬垂着长长的须根。

“哦，这里应该就是了。”心中暗想。

大家并未在此停下脚步，而是继续前行。沿着蜿蜒的小路，绕了几个小弯。忽然，眼前又现一个更大的池塘，池塘被一圈有石雕的围栏环绕，岸边是茂盛的树木。

就是这里了。

说实在的，一直没有能好好地读读梁启超先生的文章。第一次读到《少年中国说》，还是在我的大学时代。

“少年智则国智，少年强则国强，少年独立则国独立，少年自由则国自由，少年进步则国进步，少年胜于欧洲则国胜于欧洲，少年雄于地球则国雄于地球。”

文中那激昂的文字、澎湃的激情，一直激励着一个热血青年。

梁启超故居的砖红色大门，有几分威严，也有几分沧桑。

大门正对的是一座有着白色旋转楼梯、洋味十足的建筑。它的前面是个清澈的池塘，池塘里的鲤鱼一看到有人靠近，便急匆匆地游了过来。

“怡堂书室”是梁启超读书的地方。就在这里，梁启超创造出了一个“神童”的神话。

故居并不大，建筑结构和北方建筑有很大的不同。高高的大门、围墙和阁楼，无不透着深深的幽暗。

“熊子塔”（应该是能字下面三点，不念熊）巍然屹立在故居后面的凤山上。据说，正是由于一池水和后面的一座塔，这样的风水才成就了一个百年不朽的梁启超。

一方水土养一方人。一个杰出人物取得如此的成就，有多少是天时地利人和，有多少是风霜雨露在其中，又有谁说得清楚呢。

（二）鸟的天堂

《鸟的天堂》是巴金先生写于1933年的一篇散文。散文中描写了一棵独居江中小洲、独木成林的大榕树。那里又被当地人称为“鸟的天堂”。

时至今日，那颗大榕树依旧枝繁叶茂，占地已经达到十五亩之巨！

今天，人们根据那篇散文，以这棵大榕树为中心，建立了一个公园。

踏入公园大门，电瓶车载着我们奔向“鸟的天堂”。如果时间充裕的话，步行，应该是最好的选择。沿途，散文中描绘的农田已经被各种各样的植物所替代，俨然就是一座大大的花园。那些景致，让我想起了记忆中云南大理的蝴蝶泉。

很快，电瓶车就载着我们抵达了那棵大榕树前。

大树，生活在河心的小洲上，四周全是水。小船载着我们，围着大树缓缓而行。在风清水碧中，导游向我们讲述着各种关于小鸟天堂的故事。

独木为树，众木成林。一棵树要独自成为一片森林，需要忍受怎样的孤独和寂寞？而要成为小鸟的天堂，更需要怎样的胸襟和深爱？

多希望再多一些这样的大树，多一些这样的天堂！

（三）龙泉宾馆

傍晚，抵达龙泉度假酒店。

苍翠的群山，宛若一双温柔的臂膀，款款环抱着一片山谷。小溪从山的怀抱中缓缓流出，让山谷添了几分灵秀和神韵。龙泉宾馆白色的建筑分散在山的怀抱中，或矗立山坡，或端坐水旁。山谷里黄昏时分的阵阵凉风，扫去了一天的暑气，空气中弥散着淡淡的桂花香。

沿着蜿蜒的小路漫步，听着倦鸟在枝头喃喃细语，沐浴着飘散桂花香的山风，不知不觉中，一天的疲劳渐渐消退。

山、山与水，也许从来就是人类最安宁的休憩之地、归宿之地。

不变的碉楼

2010年3月26日

广东多碉楼，开平尤为集中。据说，这里有大大小小的1000多栋碉楼。

开平多华侨，他们早年漂洋过海，赚取钱财后回家就做三件事：置地、盖楼、娶妻。

开平地势低洼，经常发生洪涝灾害，所以，盖房子就必须突出一个功能——抵御洪水灾害。

开平又地处多县交界，匪患严重。于是，盖房子还必须多出一项功能——抵御盗贼。

有经济基础、有抵御洪水和盗贼的需求，成就了这些奇特的建筑——碉楼。

碉楼，这些今天已经成了世界文化遗产的建筑，记录了一段漫长的历史，书写了一个时期的辉煌。那厚厚的混凝土墙，那些从德国进口的厚厚钢板，那些看似阳台实则是射击掩体的“鸟巢”，那些巧妙的射击口，那些隐蔽的逃生口，无不凝聚着一个特殊时代下的当地人的睿智和顽强。

据说，从明代开始，碉楼的主人们就开始远渡重洋，试图开拓出一条寻求世代辉煌的、曲折的迁徙之路。

由于文化的隔阂及法律的障碍，在海外打拼，且取得了一定积蓄后，碉楼的主人们最终想到了以碉楼这种形式，在故乡建构自己的精神家园，来寄托他们的人生理想。

犹如候鸟，他们飞往遥远的国外，觅食、成长。然后又回到这边的故乡，构筑起可以安身立命的“安乐窝”。碉楼，也因此成为他们精神一隅，寄托着他们的向往。

一代又一代，越来越多的人加入“候鸟”的行列，越来越多的碉楼拔地而起，出现在开平的土地上。碉楼，从一个侧面反映了当地人的“候鸟”文化，记录了一群又一群“候鸟”奋斗的轨迹，这种文化和中原文化的“故土难离”及西北部文化形成了鲜明的对比，体现了“落叶归根”的中华民族思想，同时，也从一个侧面记录了很长一个时期，华人在海外的弱势和生活的无奈。

开平的碉楼，俯瞰着明清以来的中华大地，阅尽了人间沧桑。不知从何时起，“候鸟”们不再执着地眷恋自己的故乡，而是停止了继续构筑自己的安乐窝。于是，海外的“候鸟”变成了“留鸟”。另一些碉楼的主人们则关上了碉楼那些厚厚的铁窗，锁上厚重的大门，离开了那些极尽荣耀的碉楼。碉楼里的“留鸟”们，也开始飞向远方，换一个地方做“留鸟”去了。

碉楼走进了历史。

今天的碉楼，十楼九空，仍然有后人居住者甚少。

“你发现了没有，现在这里的新建筑，也和碉楼很相似。”在去机场的路上，同行的朋友对我说道。

默默眺望着窗外的我，也注意到了这个现象。我在想，所有的文化，从来都是承前启后的，也一直有着自己的发展与变更。碉楼作为一种建筑文化，何能例外？文化注定它们相像，时代又注定它们不同。

开平的先辈们用碉楼记录了自己，今人又要怎样书写自己的辉煌？

2010年5月的吉林

2010年5月7日

（一）风雨黑土地

从青岛起飞以后，飞机一路向北飞去。

飞机准备着陆，逐渐降低了高度，穿过了厚厚的云层。透过机窗，我终于可以看到那陆地——广袤的黑土地。

春天的脚步还没有走到这里，原野光秃秃的，树木的枝干萧疏，满眼望去，北国还沉睡在冬季。接近地面时，伴随着飞机落下的，是一阵早春的细雨。

第一次来到这个黑土地中的城市——延吉。

连着两天，伴随着我们的，仍然是绵绵的春雨。

“好雨知时节，当春乃发生。”看来，这里的春天已经不远了。

（二）一眼望三国

当地同事多次推荐我们去防川，说那里“一眼望三国”，是一个值得一去的地方。站在那里，可以放眼俄罗斯和朝鲜。

尽管行程非常紧张，当地的同事们还是特意安排了时间，带我们去了那个非常独特的地方。真感谢他们的一番好意。

访问了珲春的中俄口岸和圈河的中朝口岸之后，汽车驶向了那个我向往已久的地方。22 公里，是从珲春的中朝口岸开始，再往里到著名的“土字碑”的距离。这是非常特别的 22 公里。

公路沿着图们江向前延伸着，右侧是第一个近邻——朝鲜。

很快，道路的左侧开始出现高高的铁丝网。那是一道几乎紧贴着公路的铁丝网，密密实实、锈迹斑斑。沿着铁丝网，浓密的草丛中，被踏出的足迹清晰可见。那是惆怅的野兽的行踪，还是警惕的人类的足迹？铁丝网的顶端，犹如树枝，伸向公路这一侧。铁丝网的那一边，就是我们的另外一个邻居——俄罗斯。

“实际上，我们的公路是借用俄罗斯的领土修过去的。”陪同的同事介绍道。

这就是说，前方那窄窄的领土，和我们这边广袤的腹地并不是连接起来的。我们必须借用一段俄罗斯的土地。为此，人们还立了一个石碑。由于时间关系，我们没有在那块石碑前停留。连接“土字碑”的国土过于狭窄，以至于我们的很多电线杆和移动通信的基站，都是建设在铁丝网的另外一侧——俄罗斯的领土上。

公路的尽头，是边防哨所的营地。大门上赫然写着“游客止步”。显然，如果没有许可，游客是不能进入半步的。在当地同事的安排下，我们进入了营区，登上了那高高的瞭望塔，参观了那块“土字碑”。高高的铁丝网紧贴着哨所，使得营区显得很局促。

放眼三国的时候，不禁抚今追昔，感慨万千。

是阴天的缘故，是寒风的缘故，抑或是那沉重的历史和被高高铁丝网包围的窄窄领土的缘故?

——归途是如此的沉重。

手机一震，收到一条短信：“尊敬的客户：中国移动祝您俄罗斯之旅愉快！我驻俄大使馆电话：0495-9561168，……”

再一看，显示手机服务商的地方，竟然出现了RUS的字样。不知道是我们在路上踏上了俄罗斯的领土，还是俄罗斯的电信网络过于热情，跑到中国这边帮忙来了。

（三）“土字碑”野史的含义

对国人来说，“土字碑”无疑是一段屈辱的历史。关于它的故事，有官方和民间两个版本。官方的版本，都记在了墙上、写在了史书上。而民间的版本，则流传在人们的口中。

据说当年清军派了两人放置标识着领土归属的“土字碑”。本来这个石碑应该放置在日本海边，距今天的位置大约有 15 公里的地方。可是，就在搬运“土字碑”的途中，两个清兵的大烟瘾犯了，就匆匆在现在的地方丢下“土字碑”，回营交差了。

这个民间故事起源于何时，已经无从考证。这个今天看似合理的故事，不管真实与否，都可以看出人们对清朝有关制度的质疑和揶揄。

一件关乎重大国家利益的事情，竟然出了如此差错，实在是匪夷所思。“土字碑”的野史，给人留下了很多耐人寻味的东西。

（四）落寞的东北

走过吉林省的城市，随处可见废弃的建筑。斜顶、红砖的房屋，兀立在那里。很多房屋的房顶塌落，门窗早已不见了踪影，那破败之象，让人看着颇为感伤，同时会不由自主地发问：

它们为什么会被废弃？

东北，这个全国解放最早，并在当年向全国辐射工业和技术的根据地，是在新生？还是在走向落寞？

（五）那静静的对岸

“对面就是朝鲜。”

同行的同事突然对我们这样说。

我感到很突然，但是觉得又不应该感到突然，因为我们一直在沿着图们江行驶。

雨，夹着雪，飘在空中。汽车疾驰在沿着边境的公路上。

从延边州的首府延吉到图们，再到珲春，再到后来的防川，一路上很多时候都是在沿着滚滚的图们江向前行进。隔着车窗，我们眺望起那个邻居。

雨雪中，对面的那块土地显得格外安静。平缓的山坡和江水形成滩地，村落里稀稀落落地坐落着一些房子。那些房子和这边红色、蓝色的新砌农舍形成鲜明对照。远处，一条小路若隐若现，还有沿着小路的电线杆。看不到汽车，看不到人，就连牲畜也没有看到。一切都显得那么安静。

在相邻的国家中，我曾经眺望过哈萨克斯坦和俄罗斯，到访过缅甸和越南。唯独眼前的这个国家显得那么安静，安静得仿佛在沉睡，安静得有些神秘莫测。

（六）低矮的房子

吉林农村的房子低矮，仿佛都低伏在地面，甚至有些在半地下的感觉。几乎每一座小房子的两侧，每一边都高高耸立着一个烟囱。从窗户和门来看，房间的开间也不会很大。

一方水土，养一方人。想到东北的冬季漫长而寒冷，就会理解房子何以低矮了。

初到莆田

2010年5月11日

（一）城市印象

汽车离开福州长乐机场后，便驶上了高速公路。经过了大约一个半小时，终于在下午4:20左右驶离高速公路，进入了莆田。道路两侧的建筑，准确地传递着城市的品位、经济状况等信息。和我在珠三角等地看到的此类城市相比，莆田显得更朴素一些。

莆田市位于福州和厦门的中间地带。第一次听说莆田这个地名，是在20世纪70年代。当时，这里有一个叫李庆霖的老师，给毛泽东主席写了一封信，反映自己的生活窘境。这封信竟然真的到了毛主席的手上。毛主席回复道：

“李庆霖同志，寄上三百元，聊补无米之炊。全国此类事甚多，容当统筹解决。”

毛主席的回复一经公布，莆田、李庆霖这些名字，便飞遍大江南北。

入住酒店后，当地的同事问我们是否需要出去看看。想到好不容易到了这里，是应该寻找一下莆田的印迹留作记忆。于是就搭乘当地同事提供的车辆，在城市里到处走了走。

出了天妃温泉大酒店，很快就来到了一条主要街道。沿着街道可以一直走到城市的尽头。宽阔的道路，被护栏分割开来，道路的两侧充斥着摩托车、机动车及行人。狭窄的街道、紊乱的建筑以及不断出现在逆行方向的车辆，使得城市显得杂乱无章，缺少秩序。于是，我问陪同的同事：

“是不是还有更整齐的地方我们没有看到？”

陪同的同事回答我说：“这里就算是最好的地方了。”

从路过的乡村来看，莆田的建筑应该有着独特的风格，当地应该有着独特的文化（这一点后来在晚餐的时候，从某局长那里得到了证实）。但是，从看到的城市面貌来看，这些优秀的东西，并未在城市建设中得以显现。

又是一座“不设魅力”的城市。

（二）看不见的莆田

Z 局长是一个十分健谈的人。和今天很多城市的官员类似，对自己城市的历史文化如数家珍。

他先是历数了莆田市行政区划的沿革，又从蔡京（莆田人，宋代的高官）讲到今天分布在世界各地的莆田人。

聪明的莆田人，今天更是创造了莆田的“六雕”，创造了把持全国大部分木材生意和 90% 以上私人诊所生意等的奇迹。

……

从他的话里，我们更加深刻地感受到了莆田的魅力，但愿这种魅力能更加直观地表现出来，呈现在世人的眼前。

（三）楼顶的弥勒佛

远处看到一座居民楼上座落着一尊弥勒佛造像，煞是显眼。问起陪同的同事，他向我们讲起当地的风俗习惯。

今天，有数十万莆田人侨居他乡。莆田人较少回乡投资，却有着回乡造房的传统。造房，少不了带来他们居住国的文化，比如，那个有弥勒佛造像的建筑，就可能是某个泰国华侨的家。而从欧洲回来的，造的房子则会带有西方的色彩。于是，在莆田的田野里，留下了大大小小、风格各异的建筑，蔚为壮观。

今天，这些漂亮的房屋很多没有人居住。即使有人，也是爷爷奶奶带着孙子孙女的居多。所以，经常是家乡矗立着一幢幢看上去华丽的建筑，里面却空空荡荡。这里流传着一则笑话：一个小偷，在一幢空屋内居住了大半年，竟然没有人发现。

听到这里，我不由得想起了开平的碉楼，想起了那些客居他乡的人。

（四）把扫帚藏在被窝里

莆田的同事谈起莆田人如何聪颖，在外地谋生的莆田人如何吃苦耐劳。说到一个在外当兵的莆田人，为了出人头地，争取早日被提拔重用，每日早上早起，抢扫帚扫地。更夸张的时候，“晚上就把扫帚藏在被窝里”。

“把扫帚藏在被窝里”，这种任何时代听起来都让人啼笑皆非的事情，包含了太多的含义。它听上去又是如此的真实。

“把扫帚藏在被窝里”，让人感到了国人生存竞争的激烈和无奈。一种好的理解，是他在做好各项本职工作后，还能积极努力地做好“分外”的工作——每天早起打扫营地卫生。即便如此，它还是透露出了些许作秀的意味。

在一些地方，即便是学校里的班长也是轮流做，做班长就是为大家服务。这种制度，使得每个人都接受平等意识的洗礼，也给了每个人一次奉献的机会。

如何造就一批真实的人？“把扫帚藏在被窝里”给我们提出了一个值得追索的问题。

（五）湄洲岛

苍白的妈祖

湄洲岛是一个位于莆田市附近的小岛。它因有 2 亿多信众魂牵梦萦的妈祖祖庙而闻名于世。据说，每年农历三月廿三妈祖诞辰日和九月初九妈祖升天日期间，朝圣活动的盛况甚是惊人。

在莆田的工作之余，在当地同事的安排下，我们造访了小岛。

只用了不到 10 分钟，快艇就把我们送到了对岸的岛上。随之而后，汽车又把我们接到了妈祖祖庙的入口处。一路拾级而上（名曰“步步高升”），导游小陈开始向我们介绍妈祖的事迹。

妈祖确有其人，不仅善织，而且能医，还会浮水救人。年仅 28 岁的时候，便“升天”了，把自己年轻的生命献给了大海。妈祖的道德医术，使之深孚众望，得到了很多人的崇信，也受到了宋朝以来历朝历代的册封嘉奖，被册封的头衔达 60 多个。

改革开放，尤其是两岸恢复交流之后，妈祖祖庙大幅度新修。对着台湾的那一侧，不仅建了器宇轩昂的宫殿式建筑，还建造了高大的妈祖塑像。

妈祖庙的确和内地的寺庙不同。供奉的不是神灵，而是真人妈祖。据说，妈祖庙是佛、道、儒三教合一的产物。可在我看来，新修的妈祖庙外观和一些佛教寺庙极其相似。无论是从导游的介绍还是看到的样子来说，用我们的术语说就是“总觉得有些理论性不强”。

在短暂的时间里，我们听到的、看到的关于妈祖的事情，都有些苍白无力，始终没有让我在心中构建起妈祖的形象。反之，所到之处满眼看到的却是“开发利用”。最后，我干脆放下导游的介绍和看到的景象，虔诚地认为：妈祖是一个有丰富精神内涵的人物，她代表着母性、博爱。并固执地认为，今天需要妈祖精神，需要用行动来实践这种精神。

拥挤的小岛

站在妈祖像的脚下，放眼四望，不大的小岛，堆满了大大小小的建筑（岛上有常住居民 2 万多人），而且据说岛上的淡水是通过海底管道从陆地输送过来的。而后，又乘车在岛上转了一下，道路两侧，椰树掩映的土地，基本都是耕种的农田，人们犹如在一个大花园里耕种一样。

看到这些，真觉得湄洲岛实在是太拥挤了。

（六）民居与文化

大概是受到多元海派文化的影响，莆田民居的建筑风格可谓是五花八门。民居的楼层数相差很大，最高的有 10 多层，而一般的有 2、3 层。有些民居风格简朴，有些则把各种装饰搬上了华丽的建筑的屋顶。这些装饰，有弥勒佛，有欧洲的哥特式尖顶，也有西方的凉亭，形态繁多，不一而足。斑斓的色彩、华美的装饰以及各式各样的造型，让人感觉到这些建筑是那么硬朗，那么张扬，那么峥嵘，仿佛是想宣示什么。

和记忆中的苏中地区的民居相比，苏中地区的民居显得平和了许多。民居的楼层数相差很小，一般就是 2、3 层，很少看到鹤立鸡群的高大建筑。民居是白色的楼体、灰色的屋顶，屋脊上有长长的龙一样的装饰。有趣的是，这个装饰并非是从房屋的这一端延续到另外一端，而是要在四分之一至三分之一处断开，分为一大一小两段。此种装饰形式有何蕴意，不得而知，倒是远远望去，由于它的存在，使得宁静的房屋有了飞舞灵动的生气。总体上看，苏中的民居给人以含蓄大方、内敛沉静的感觉。

我想，两地民居相差如此之大，绝对不仅仅是经济上的原因。通过这些民居，人们可以深切地感受到当地的文化及两地文化的差异。

飞机上的那个“白金卡”

2010年5月16日

一登机，身边的这位自称拥有白金卡的男子就开始唠叨起来。

大家还在陆陆续续登机，他就按动了头顶的呼唤铃，要空姐帮他拿毛毯、拿报纸，并且一口气说出来一大串报纸的名字。空姐很爽快地答应了他。

不一会儿，空姐便拿来了几份报纸：“我就找到这几份报纸，很抱歉。”

就在此时，广播里传来了机长的声音：

“由于流量管制，飞机暂时无法起飞，请大家耐心等候。谢谢大家的合作。”

“怎么是一个娘娘腔的机长？要求你们换一位机长，换一位纯爷们来。”这位“白金卡”又开始对着空姐命令道。

“这我们可做不到。”空姐礼貌地回答。

“白金卡”依然不依不饶，絮叨个没完没了。

过了一会儿，一位空哥向“白金卡”前面的女乘客说明飞机无法起飞的理由。已经做睡着状的“白金卡”立刻大怒：

“服务员，不要说话，滚！”

那位空哥一句话也没有说，立刻离开了。

飞机快降落的时候，“白金卡”对着空姐絮叨起他的不满。这位自诩“纯爷们”的男人，嘴里吐出的不满和埋怨，简直就像懒婆娘的裹脚布，又臭又长。

我努力抑制住内心的那股意气，真想对他说：“请别这样，他们就是你我的兄弟姐妹！”

有人说在国外的服务行业里，一个根本的理念就是“顾客就是上帝”。可是，这句话到了一些国人这里，就变成了“我就是大爷”。既然是大爷，就可以对服务人员发号施令，甚至可以作威作福，像上面这位“白金卡”一样，实在让人侧目。

同样都是血肉之躯，同样都是父母所生，同样都有兄弟姐妹，怎么不能将心比心？纵然彼此之间有不同分工，就像你是机上乘客，人家是服务人员，但人格上绝不会因此有高低之分，你就高人一等，可以对人颐指气使，发号施令。

这个“白金卡”！

第五篇

关于咖啡的暖色记忆

咖啡馆之所以吸引我，不仅是因为咖啡馆那充满怀旧气息的陈设和布置，还有那让人有几分迷恋的幽深颜色，那散发出来的咖啡浓香。咖啡的香气似乎有强大的渗透力，仿佛可以钻进木制家具、钻进店中的书里、钻进咖啡馆的砖瓦里。在弥漫的时候，它好像在浸染着，把家具、书籍甚至房屋染成它同样的颜色，幻化成一种咖啡的迷人色彩。

在咖啡香里，人的身心会渐行渐近走入一个温暖、安详、辽远、深邃的隧道里，走向那个潜伏的自我，本色的自我。

关于咖啡的暖色记忆

2011年2月27日

我喜欢喝咖啡，只要条件允许，每天都要喝一杯，偶尔还可能喝两杯，就是因为喜欢。

真正开始喝咖啡还是在国外的留学时期。那时候，留学的那个大学教研室里有咖啡机，研究室的学生一起凑钱买咖啡豆，现磨现喝。紧张的生活中，喝咖啡成了我们艰苦生活里最惬意的时光之一。端着散发着浓浓香气的杯子，精神也会随之安宁下来，沉浸在一种温馨和安静的氛围里。

尽管喝了多年的咖啡，但是对于咖啡依旧是门外汉，也没有特别的挑剔。如果要我辨别“拿铁”“卡布奇诺”及“摩卡”等品种的话，还知道它们的区别，如果要我说出哥伦比亚咖啡、巴西咖啡或者巴拿马咖啡的区别，就实在感到为难了。因为，就像喝白酒一样，我还是缺少了解它们的兴趣。所以说喜欢喝咖啡不过是一种生活方式，尚未进入品鉴的境界。

记得初到日本的时候，就被路边的咖啡馆吸引住了。那时候，因为经济收入实在太低，仅仅能够保证日常生活不至于挨饿受冻，根本舍不得花掉宝贵的银子，去咖啡馆奢侈一下。不过到了后来，也慢慢开始偶尔和朋友一道去咖啡馆小坐一下，寻找那种安宁的感觉，在咖啡馆里休憩一下疲惫的身心。

咖啡馆之所以吸引我，不仅是因为咖啡馆那充满怀旧气息的陈设和布置，还有那让人有几分迷恋的幽深颜色，那散发出来的咖啡浓香。咖啡的香气似乎有强大的渗透力，仿佛可以钻进木制家具、钻进店中的书里、钻进咖啡馆的砖瓦里。在弥漫的时候，它好像在浸染着，把家具、书籍甚至房屋染成它同样的颜色，幻化成一种咖啡的迷人色彩。在咖啡香里，人的身心会渐行渐近走入一个温暖、安详、辽远、深邃的隧道里，走向那个潜伏的自我，本色的自我。

那时候会偶尔神想：如果回国后，能开一家咖啡馆，自负盈亏，每天高朋满座，过着“谈笑有鸿儒，往来无白丁”的生活该多好！

让我惊奇的是，当时和我有类似想法的留学生竟然很多。

随着留学时间的延长，去咖啡馆的次数也在增加，因此也体验过各种风格的咖啡馆。相比之下，更喜欢那种宁静的、略显幽暗而温馨的地方。可喜的是，当时住所附近的“哲学小路”就有几家这种风格的小店。这样喜欢着咖啡，喝着咖啡，以至于后来甚至感到没有咖啡馆的地方，好像就是沙漠。

回国后，发现咖啡馆不仅和国外的大学有着不解之缘，和国内的许多大学也同样有着一份只可意会不可言说的情缘。大学里的咖啡馆不仅是一个休息的去所，更是一种文化的象征。因此，曾经多次向自己工作的大学领导建议，在我们的校园里建一个或者几个咖啡馆。

今天，在中国的城市里，咖啡馆犹如雨后春笋，遍地开花，有的甚至开到了故宫里，开到了各个旅游景点。在一个茶文化盛行的国度里，咖啡也如此普及，足见它的生命力之旺盛。

任何一种生活方式，都和人的特别经历有着密切的关系。我想，喝咖啡之所以于我意味着一种生活方式，除了咖啡本身作为饮品的诸多美好之外，还因为它在我留学生活中的特殊意义。在那个漫长的求学岁月里，它带给我的温馨和沉静，已经深深地印在我的生命里，与我同行，与我共存。

那些惬意的时光

2011年3月13日

匆匆奔波在劳碌的生活里，有一些属于自己的、深感惬意的时光想要记录——

其一

早春的天空，被薄薄的云层覆盖，光线显得有些阴暗，天空吹动着带有寒意的风。

其二

汽车按照我的意志，在山边的公路上缓缓前行。给自己留出从容，留出一定无须谨慎驾驶的空间。路上车辆很少，行人很少，只有偶尔超越我疾驶而去的汽车。在靠近山的一侧出现了几栋楼房，它们依着山势，错落有致地屹立在山坡上。这些楼房看上去像是修建于二十世纪六七十年代，外表那么简朴。岁月的风雨，使得楼房的外表变成了深灰色，几乎和背后的山坡融为一体。

按今天城里的标准，那些绝对算不上高大的楼房之间，高高地矗立着和楼房差不多一样高大、挺拔的白杨树。白杨树的树梢，在早春的寒风中，轻轻地摇曳着。

一瞬间，那山、那楼、那树，勾起了隐藏在我心底的一些东西，让我悲凉，也让我温馨。

其三

将自己置身于那简易楼房的斗室当中，房间暖融融的。静静地伫立在窗前，眺望着那遥远的布满阴云的天空，凝视着窗外那随风摇曳的树梢。

其四

在北风呼啸的窗前，窗外大雪纷飞，坐在吐着火苗的炉旁；或者在大雨滂沱的屋檐下，看阴雨霏霏模糊玻璃窗；或者在大漠孤烟的黄昏，久久凝视那苍凉中的一缕金黄；或者坐在空荡房间的窗前，眺望云和树梢，让时间慢慢流淌……

破败之美

2011年4月29日

如果现在上帝问："给你唯一一次出行的机会，你选择去哪里？"

我会毫不犹豫地回答："去切尔诺贝利。"

如果上帝又问："再给你一次出行的机会，你选择去哪里？"

我会说："去玉门。"

如果上帝再问："还有一次出行的机会，你选择去哪里？"

我会说："去底特律。"

只要一说到它们，我的脑海里，就会浮现出三组照片。

三组照片里分别记录着三座城市今日共同的破败风

貌。昔日车水马龙的街道，今日却是凹凸不平，空旷的路上，有不知名的小草，在道路的中央扎下了根；昔日巍峨辉煌的大厦和人来人往的医院，今天是死一样的寂静，只剩下了斑驳剥落的残垣断壁；残破房子里的地板上，积满了厚厚的灰尘，杳无人迹；昔日嬉戏喧闹的游乐场及人头攒动的游泳池空空如也，各种设施都是风雨剥蚀后的锈迹斑斑。

二十年前的一天，一场突如其来的核事故，使得切尔诺贝利在一夜之间成了无人的鬼城。

二十世纪中期，由于资源的枯竭，昔日西部繁荣的石油城——玉门，开始淡出人们的视线。

二十世纪后期，因为市场萎缩、产业转移，美国最著名的汽车城之一——底特律，也一改昔日的喧嚣辉煌，变成了门可罗雀的无人城。

切尔诺贝利、玉门及底特律都有一个共同的特点，那就是它们都是近代工业文明留下的遗迹，也是今天著名的弃城。这些大致上兴盛于我们父辈那个时代的城市，曾经以它们工业先驱者的身份傲然于世。而今天，它们又和我们的父辈一样，颓然走进了历史，给我们留下了一串苍凉的背影。

真希望我有一个探访这些地方的机会，让我在那些凹凸不平、杂草丛生的街道中徘徊，让我在那破败凋零的楼宇中穿行，让我听任脚下的沙砾沙沙作响，在厚厚的尘土上留下我的一串脚印。真想去凭吊一下那坍塌的车间厂房，抚摸一下那锈迹斑斑的机器，在回首中感受一下当年那轰轰烈烈、热火朝天的辉煌场景。更想久久地伫立在那破败的建筑前，去领悟当年的人们怀抱着的是怎样一种理想和生活的信念。

切尔诺贝利、玉门及底特律已经走进了人们的记忆。人们遗弃了这些城市，而大自然则宽容地接纳了它们，把它们拉入自己的怀抱，给它们安宁和沉静。它们或许最终会像楼兰古国、吐鲁番的交河故城那样，慢慢地融化在自然当中，彻底归于平静和安详。

从照片里，人们可以找到近现代工业革命兴盛和衰败的痕迹，也可以看到岁月的侵蚀之力是何等强大。

一切的辉煌都会归于残败，一切的喧嚣都会归于宁静。从这个角度看，人类的所有风流总归会被雨打风吹去——这一万古不变的规律，和所有显现出破败之美的城市一样，与其说是人类的一种苍凉和悲伤，毋宁说是人类的一种温馨和欢愉。

街坊邻居

2011年2月7日

进入自家的小区，要开车通过一个长长的甬道。甬道狭窄，行人、自行车、三轮车都会在此通过，出于安全、文明及习惯等因素，常常会把车速降低。甬道里，经常会有多辆车同时通过，后面的车辆时常会鸣笛催促，或者频闪大灯——我称之为挤眉弄眼，那意思不外乎：快走啊。在任何一个文明的社会里，这些都属于没有教养的行为。

不过仔细想想，明知道甬道狭窄，谁没事会把自己的爱车停在路上？慢行、停车一定有他的道理。

中国着急的司机多，一着急，坏习惯、不礼貌、不文明行为就冒出来的司机也多。大街上鱼龙混杂，各种层次的人都有，出现个别挤眉弄眼的人也就罢了，在小区里，大家都是街坊，如此无礼就太不应该了。

记得刚刚在日本工作时，迁到一个新的地方，邻居们就会主动找上门来问候，问候也不是简单地打个招呼，而是会带上一些小礼物，敲开你的门，说一些他是谁、住在哪里、请多关照之类的话。有邻居搬走的时候，他也会带上小礼物，敲开你的门，告诉你：我要搬走了，感谢我们相处的这段时间里，你给我的帮助，这是我新的地址和联系方式。说着，他会递上一张写着这些联系方式的小纸条。后来，我也学会了，每次搬家，总要和旧街坊道别，和新街坊相识。平日里相见时，更是互致问候，以礼相待。

大家都生活在同一个小区，同一片屋檐下，何必相煎太急。

找回失去的表情

2010 年 11 月 19 日

报纸刊载《十万民众自发赴上海火灾现场献花悼念》。读到报道，看到照片，让人不禁热泪盈眶。望着吊唁者那庄严的神态、肃穆的表情，心灵在受到震撼的同时，也深深地感悟到一个古老民族那已经逐渐麻木的心灵又重新焕发出了活力，人性的光辉正在重回国人的心灵，那种人类共同的表情又出现在中国人的脸上。

人类的进化，使得人类有了区别于其他动物的一个很重要的地方——表情。喜怒哀乐，无不呈现在人的脸上。人类社会的进步，让不同的人群、民族形成了属于各自的文化和价值观，也让人们具有了体现这种价值观的表情。如对体育精神的喝彩、对艺术的赞叹、对人类疾苦的悲悯等。

肉体和精神的疲惫，可以让一个人表情麻木，也可以让一个民族表情麻木。而价值观的分裂，则让人类失去共同的表情。文化的交流，建立了人类共同价值观的基础，也打通了人类共同的情感和情怀，让人们越来越多地具有了共同的表情。具有人类共同的表情，可以表现出一个民族意识和精神的成熟，更能彰显出在世界现代化进程中一个民族的进步。

长期以来，或是由于生计所迫，或是由于价值标准不一，在很多场合都能看出人们的心灵渐趋麻木。

一个民族失去人类应有的真实表情，令人惋惜和无奈，同时也说明了很多的问题。

为人类的进步喝彩，或是前去吊唁素不相识的同胞这类事情，在世界范围太多太多，如美国和欧洲人纪念二战胜利、英国人悼念戴安娜王妃、美国人悼念“9·11”事件等。而这一次，我从国人脸上看到了那温暖的表情，属于这个民族自己的表情。

在沉痛悼念上海“11·15”特大火灾事故死难同胞的同时，也为可敬可爱、来自全国各地的同胞脸上出现那种属于人类共同的表情而感到欣慰。

人性的力量
——故事背后的故事

2010年8月17日

（一）关于玛格丽特·米切尔的故事

突然说起玛格丽特·米切尔（Margaret Mitchell）这个名字，也许有人一下子想不起来这是何许人也，需要搜索一下记忆。但是，如果说她就是小说《飘》（由小说改编的电影中译名为《乱世佳人》）的作者，人们一定会恍然大悟。

今天，要想知道玛格丽特·米切尔的身世并非难事，只要上网一搜，就会出现许许多多对她的介绍。关于她生命的最后一段历程，通常是这样记录的：

1949年8月11日，玛格丽特·米切尔与丈夫出门看电影时发生车祸，5天后逝世。

这里想说的是她身后的故事。

在亚特兰大全城为玛格丽特·米切尔女士举行隆重追悼会的当天，一个男人手捧着鲜花和小说《飘》，来到米切尔的墓前忏悔和悼念，然后，举枪自杀身亡。

这个人，就是那位交通肇事者。

（二）关于一对日本老夫妇的故事

2004年，禽流感大流行，日本一个农场饲养的鸡有一部分患上了禽流感。迫于生计，农场主没有及时报告，而是将这些病鸡悄悄处理掉了。因为，如果他们报告，那就意味着所有的鸡都将被扑杀，那样他们将会血本无归。

但是，这件事最终还是被媒体报道出来，不仅他们饲养的鸡被尽数扑杀，他们还面临着强大的社会舆论压力。

事情败露后，这个农场的负责人——一对名叫浅田的老夫妇，留下了一封长长的遗书，然后，双双选择了自杀。

这里想说的，肯定不是人们一旦犯了错误，就应该选择自杀。而是想通过这两个让人唏嘘不已的故事，表现当事者身上那可贵的反省、自责精神和敢于担当的勇气。正是这些人性中的美好方面，才让人作为“人”，生活在这世界上不断追求真善美，不断走向人之所以为人的自尊、自重、自省的精神境界。

如果这两个故事，能唤起那些有意无意伤害过他人者内心的不安的话，哪怕只有一点点，也谢天谢地了。

不一样的礼物

2010年11月7日

出差到外地W城，正在吃饭时，电话响了起来。赶紧离开喧闹的餐桌，到外面接听电话——是从前工作地X城的一位小兄弟打来的。

“最近我看了一个电视剧，拍得很不错，故事是根据一部小说改编的，想让你看看，我就让小L买了一本，明天交给你。”小L是他的一个助手，目前在我这里上学。

这个“小兄弟”从前一直嘻嘻哈哈的，就像一个长不大的孩子。后来，遇上了他的贵人——一个据说是十分了得的人之后，他似乎是一夜之间开了窍，一下子“长大成人”。也正是在他这位贵人的帮助下，没多久，这个“小兄弟”就甩掉了贫穷落后的帽子，跨入了小康的行列，生活水平有了极大的改观。与此同时，在和他的交谈过程中，发现这个从前的小毛孩子，精神生活也跨越了一个境界。

在当下，被喝酒中的同学、好友电话“骚扰”的情形经常发生。但是，能被一个因为替你买了书而欢欣鼓舞来“骚扰”的，真不多。

感动，为了这个不一样的礼物，为了有人远在千里之外想着你，想着和你分享一本书，分享一种精神的愉悦。

这个世界，还是有很多东西让人实在舍不得撒手。

82 岁的美国邻座

2011 年 5 月 25 日

飞机起飞不久，邻座的一位美国老先生首先搭起腔来。当他得知我们将飞往黄石国家公园，就拉开了话匣子。

他说他年轻的时候，爸爸拥有一辆可以乘坐 40 人的校车，他还是在那个时候去的黄石公园，在那里他见到了棕熊。此后，他一直没有再去过。

老人体魄健康，每天步行 6 公里，不仅驾驶汽车，而且拥有私人飞机和驾驶飞机的执照。谈话中，老人不时谈起宗教话题，可以看出，他是一位虔诚的信徒。

期间，老人掏出他的全家福照片。他有一对双胞胎儿子、一个收养的女儿。女儿智力有问题，没有婚育。

北京时间 10 点半，当我们在飞机上用过早餐后，我拿出电脑，那边老人也取出他的电脑，开始播放他的照片，慢慢地讲解起来。

最让我们感到吃惊的是，老人今年已经 82 岁！

健康、愉快、豁达、从容，是我们从老人那里得到的温暖感受。

跨越时代的军礼

2011年2月11日

孙春龙在报告文学《寻找失落的英雄》中配发了一张照片，照片中是70年前滞留在缅甸的远征军老兵。在这些老兵通过云南畹町桥迈进国门的时候，驻守在那里的边防武警战士以标准的军姿向这些老兵行礼致敬。面对此景，老人也举起沧桑的手对其还礼。

中国当代军人向一群抗日老兵致敬，这看似是一件平常的事情。但是，凡是熟悉中国这段不幸历史的人都知道，这是一个历史性跨越，一个世纪性跨越。

70年前，一群中华儿女满怀抗日的热情，肩负着军人的责任，跨越畹町桥，奔赴缅甸抗击日寇。由于种种原因，幸免于战火的他们，却和那些在战争中牺牲的战友们一起，被滞留在了异国他乡——缅甸，开始了他们的沧桑人生。他们连同他们创造的那一段可歌可泣的历史，差一点，就被人们遗忘了。

终于有一天，人们重拾了这一段惊天地泣鬼神的真实历史，人们发现那里还有一群曾为中华民族奉献牺牲的老英雄儿女。

在一个人、几个人、一群人的帮助下，老兵们从他们走出国门的地方回来了，英雄般地回来了！他们归来得太迟，因为有太多幸存的老兵已经过世；他们归来得还不迟，因为他们在有生之年接受了中国军人的敬礼。

但愿我们能早日跨过那段不幸的历史。

生活在探戈中

2011年5月30日

会间，在洛杉矶的一家名为 Hyatt 的宾馆外休息。

注视面前的道路。汽车川流不息，面前的路口赫然竖立着一个 Stop 的标志，所有的车辆到达这里，都会停车片刻，驾驶员四下观望一下才继续前行。

我知道这是美国的交通规则，也知道美国驾驶员都很遵守这项交通规则。

看着这些车辆走走停停，突然让我想到那舞池里优美的探戈。汽车一辆接一辆翩翩起舞，或快或慢，抑扬顿挫，真是美不胜收！

平凡而有趣的生活就好比探戈。家庭里，一男一女，需要步伐协调，节奏一致；研究中，课题一个接着一个地做，同时也要适时休息，劳作与休息节奏明快，舒缓有序。

驾车需要探戈般的节奏，生活与研究也需要像跳探戈舞一般张弛有致。

窗外

2010年12月2日

此时，一道玻璃屏障把世界一分为二。我在屋内，万物在屋外。静静地眺望着窗外，感受另外一个世界。

（一）江南庭院

落地的玻璃窗将餐厅和庭院清晰地划分成两个世界，一个温暖，一个清冷。暖色调的餐厅，暖色调的灯光，和窗外的庭院形成鲜明的对比。

宽敞的庭院里，白色的秋千静静地悬垂着。旁边那收起来的白色遮阳伞也变成了一根白色的柱子，孤零零地立在那里。所有的植物都肃立着，一动不动，仿佛是在等待，等待期望中的什么到来。细细地打量之后，你又似乎可以看到那些植物分明是在伸展自己，努力地，努力地……

因为时值深秋，秋天的色彩已经涂满庭院了。赤橙黄绿青蓝紫，一一显现在各种形状的花儿和叶子上，彼此之间相互映衬，相互依托，蕴含着生命的盛衰与更迭。

天空阴沉，几乎要滴下雨来。天空和大地结成了一个统一的淡灰色世界，使清晨更加宁静，也让秋色更加深邃。

有小鸟轻轻地划过，在一片宁静中勾出一道弧线。小鸟没有鸣叫，好像是在用自己的沉默和安宁灰色的环境达成一种默契。

（二）狂风中

不知过了多久，天空刮起了席卷天地的大风。

大风呼啸，掠过高高低低的植物和建筑物，发出呼呼的响声。很快，连日的大雾和阴霾不见了，阳光重新洒向大地。

阳光下，上天入地的狂风拼命摇晃着树木，试图拉倒它们，掠走它们枝头的每一片树叶。各种树木在凄楚地摇曳着，挣扎着，显得那样的无助和惊惶。可是，所有的树木都没有被狂风击倒，依旧顽强地站立着，努力恢复向那个本来的自己。

暗暗地为它们加油，希望它们在狂风中不倒，永不屈服。

那枝头的鸟巢

2010年12月9日

初冬，京郊的十三陵。

阴沉的天空下，一切都在寒风中摇动。满目所见，一片萧然，处处是北方冬天苍凉萧索的景象。

忽然，远处的一棵大树引起了我的注意。仔细凝望，一个、两个、三个，一共三个鸟巢静静地高悬于那树的枝头，随着风中的树梢在轻轻摇摆。

树叶凋零的枝丫间，它们是那么显眼。杂草编织而成的小小窝儿，圆圆团团，看上去柔软温暖。虽然裸露着，失去了树叶的遮蔽，又有寒风四面来袭，它们依旧显得那么牢固结实，从容安详，就像一个个小小的避风港。

小鸟去了哪里？我看不到它们的身影。是外出觅食了，还是南飞越冬了？如果已经南飞，来年它们还会回来吗？

那枝头的鸟窝，高高安放在孤零零枝头的鸟窝。

小牛，快跑

2010年12月18日

刚才，国家地理频道介绍了一段知名度很高、只有8分钟的视频，讲述的是一件发生在非洲赞比亚克鲁格国家公园的故事。

一群野牛懒懒散散地在水边走着，领头的是一头年轻公牛。它们行进的前方，几只狮子正虎视眈眈地注视着它们。近了、更近了，牛群全然没有发觉狮群。

突然，领头的年轻公牛发现了俯卧在地面、等待它们靠近的狮群，稍微迟疑了一下，掉头逃跑。

狮群一跃而出，发起了团队性攻击。它们放过已经在身后的大牛，径直向一头小牛扑了过去。小牛跌倒，摔进了水里，攻击的母狮也跌入水中。后面赶来的一只母狮，奋不顾身地跳入水中，加入了抓捕小牛的战斗。

据说，狮子尽管会游泳，但是，很少如此跳入水中。后面几只狮子陆续抵达。

狮子咬住了小牛的嘴和其他部位，准备齐心协力把小牛拖上岸。小牛四脚朝天，奋力挣扎，但是，只有四肢在空中乱舞。

就在此时，一只鳄鱼突然蹿出水面，张开血盆大口冲向一只狮子。这只狮子被吓了一跳，其他的狮子也纷纷退避。鳄鱼并未进一步攻击另一只还在水里的狮子，而是把大嘴伸向小牛。

水里的鳄鱼和岸上的狮子开始争抢小牛，各不相让。在几只狮子的齐心协作下，小牛和鳄鱼被拖上了岸。大概是失去了水的保护，狮子也实在是数量较多，鳄鱼无心恋战，放弃了拔河比赛，退入水中。

几只狮子气喘吁吁地围定了小牛，看得出，它们是在定定神。眼看着，一顿近在嘴边的美餐就要开始了。

就在这时，原先消失的牛群又出现了。大概是母牛们听到了小牛的求救声，数百头野牛黑压压地走了过来，一步一步地逼近狮群。尽管如此，狮群依旧以小牛为掩护，压低了身体，不肯逃走。

突然，牛群中一头勇猛的公牛冲向一只狮子，先是用头顶，后来分明是用脚踢，赶走了这只狮子。而其他野牛和狮子则形成了对峙局面。

赶走了一只狮子的野牛，挟着余勇，转身勇猛地冲向了狮群，并把其中的一只狮子挑向半空，这只狮子顺势落荒而逃。

此时，依旧有三只狮子围着小牛，不肯放弃。小牛也鼓足了最后的勇气，趁机站起身来，向牛群逃去。虽然它被赶来营救的一头母牛撞了一下，虽然一只狮子又从后面攻击了一下，它还是踉踉跄跄地逃入了牛群。

剩下的，就是成年牛群如何齐心协力赶走其他狮子的事情了。

看着威猛的草原之王，在无畏的野牛面前落荒而逃的狼狈景象，仿佛看到了人间正义得到伸张的酣畅场面。

小牛，快跑!

穿行在暗夜的隧道里

2010 年 11 月 23 日

那晚（11 月 12 日）必须赶往郊外的会场。由于车辆限行，不得不晚上 8 点以后再出发。北方深秋，晚上 8 点时，夜幕已经降临。上网查看、打电话询问、下载、打印，准备好了出行路线后，驾车钻进了茫茫夜色。

夜色，过滤掉了世界的繁杂，把一切都笼罩在了自己黑魆魆的怀抱中。很久没有夜晚在郊外开车了，在黑暗中沿着车子灯光辟出的光亮之路前行，心一下子沉静了下来。车子也在宁静和单纯中不由自主变得慢而平稳。身边的汽车一辆又一辆超越我而去，有的甚至显得有些慌不择路，在车流中像蛇一样斗折穿行。

“那些人在忙些什么？”我看着那些车子暗想。

人生如旅，赶路是正常状态，但是，很多时候很多人就只把赶路当作赶路了，争分夺秒地赶往目的地，仿佛只有在目的地逗留才有意义，忘了沿途的风景，忘了还需要有时间滋养自己，不知道是自己在驾驭车，还是车在驾驭自己。

离开高速公路以后，路上的车辆愈渐稀少。最后，当我转入一条笔直向北的乡间道路时，发现路上已完全没有了车灯的痕迹。

道路两边，高大的树木密密实实地遮蔽着这条只有两个车道的路面，车灯照出去，仿佛是穿行在一条长长的隧道里。没有他人，没有再被追逐，世界里只有自己，而自己拥有了整条望不到尽头的“隧道”，拥有了整个世界。

深秋的大风，卷得树叶漫天飞舞。树叶和沙尘一起拍打着汽车的挡风玻璃，发出细微的唰唰声。

车里，暖风融融。车内外的对比，让我感觉到一份格外的安稳和惬意。

一时间，前方的目的地似乎被忘记了，只希望这条小路永远地延伸下去，让那种安稳和惬意永远停在身边。

人性的曙光在草根

2011年2月1日

经常乘坐出租车。乘车时喜欢和出租车司机闲聊，闲聊的时候，你会听到各种有趣的事情，也会发现许多有趣的人。

一次出差去上海，在市区上了一辆出租车。和往常一样，和司机攀谈起来。

操着一口浓郁上海味道普通话的司机师傅侃侃而谈——他是如何工作、如何为养家糊口挣钱的。从一些细节可以体会到，他勇于取舍，能够放弃该放弃去挣的一些钱，也勇于辞去一些自己实在不愿意做的工作。虽然是个出租车司机，也没有妨碍他成为一个有思想的人。他还讲述了一些他如何照顾老年乘客的故事，因为很多出租车司机都不愿意做老年人的生意。一次，他热情地帮助了一位老年乘客，事情过后他就忘记了。但是有一天，他突然接到出租车公司领导打来的电话，询问此事。他回忆了半天，承认有此事。尽管他一向对自己的工作坚持做到问心无愧，但是想到也许是有人投诉，还是有些忐忑不安。然而领导却通报说，有人写来表扬信赞扬他。根据他们公司的规定，对于受到这样表扬的驾驶员，除了名誉上的表彰之外，同时还会给予物质奖励。

说到这里，他虽然不无自豪，可还是显得十分平静。

他还给我讲了一个发生在上海的另一位司机师傅的故事：一天，一辆出租车搭乘了一位客人，车到了地方，客人突然发现没有带钱。出租车司机看到这种情况，不仅没有追讨，还给了乘客和路费一样多的钱，并且温和地说："你回家时需要打车。"

那个乘客记住了这辆出租车的号码，事后，他辗转找到了这位司机师傅，并高薪聘请他到自己的公司工作。原来，这位乘客是一家大型企业的老总。

故事到此并未结束。

天有不测风云，人有旦夕祸福。不久，这位司机师傅被诊断出患了脑瘤，治疗需要高昂的费用。又是这个老总，不惜代价出手相救，帮他治好了病。

这个感人至深的故事，让人看到了人性的光辉，也感受到了草根的力量。故事中的主人公和那些在名利场中狗苟蝇营的人相比，不能不说是平凡而伟大。正是他们，用自己的行动默默地实践着人类的最高理想——做有爱的人。

也许这才是我们的社会中，让人坚持信念、向前奋进的曙光。